梦

那里的孩子需要

想

余文林 著

東方出版社

图书在版编目（CIP）数据

那里的孩子需要梦想 / 余义林 著 . — 北京 : 东方出版社 , 2019.7
ISBN 978-7-5207-1038-1

Ⅰ. ①那… Ⅱ. ①余… Ⅲ. ①纪实文学 – 中国 – 当代 Ⅳ. ① I25

中国版本图书馆 CIP 数据核字 (2019) 第 103307 号

那里的孩子需要梦想
（NALI DE HAIZI XUYAO MENGXIANG）

作　　者：余义林
统　　筹：吴玉萍
责任校对：曾庆全
出　　版：东方出版社
发　　行：人民东方出版传媒有限公司
地　　址：北京市朝阳区西坝河北里 51 号楼
邮　　编：100028
印　　刷：北京盛通印刷股份有限公司
版　　次：2019 年 7 月第 1 版
印　　次：2019 年 7 月第 1 次印刷
开　　本：880 毫米 ×1230 毫米　1/32
印　　张：10.25
字　　数：180 千字
书　　号：ISBN 978-7-5207-1038-1
定　　价：59.00 元
发行电话：(010)85924663　85924644　85924641

目录

1 在云南的那个下午

所有的一切，都是从那个美好的下午开始的。

那天是2016年12月20日。我们在云南省普洱市一个街边店里，和普洱市教育局的李卓娟副局长有过一席欢谈。

的的确确，那是一次愉快的聊天。或者也可以说，那是一次越来越“有温度”的聊天。因为在聊云南，聊普洱，聊玉米、咖啡和梯田……之后，我们的话题落在了山区孩子们的身上。他们的学习和学校、他们的生活和状态等，都由普洱教育界的几位行家细细描绘了出来。不承想，这轻轻一落竟那样温馨柔软，那样拨动心弦。也就是这轻轻的一落，就像飞来一只美丽的翠鸟，衔开了“梦想2017”公益活动的序幕——仿佛就在转瞬间，“梦想2017”轰轰烈烈地开始了，又圆圆满满地结束了，时间用去了整整一年。

一年，其实很短。所有人都没有想到，当初李副局长和陈浩的一个简单的善念，成就了一场温暖人心的公益活动。犹如一颗小小的种子，种下它的时候，我们似乎都不太经意，但忽然间太阳闪过，风儿吹过，小雨飘过，它就发芽了，长叶了，开花了，最终结出了丰硕的果实，让人喜不自胜。

现在，让我先回到那翠鸟飞起的时刻。

20日当天，陈浩在自己微博例行的“收盘说说”中，曾经简单提到了这次谈话。或许还沉浸在和李副局长交谈的语境

“梦想 2017”发起人陈浩的微博截图。这是第一篇谈到将要举办这个活动的文章，并且是嵌在他微博的“收盘说说”话题里。那时候活动的名称还没确定呢。

中，他已经迫不及待地把这个当时还没正式开启的活动“剧透”了出去：

> 说正能量，我在边陲的考察任务基本完成，当地政府也做了积极的配合和安排，我选择了一个彝族自治县作为助学的重点。当地学校的第一个需求就让我明白许多事要咱们一起做了。那个地区的小孩除了课本没有别的书看，您知道，现在小孩的课外书都太贵了，贵得没有道理。

云南很多学校都有自己的小菜园。孩子们上课之余，还可以除草浇水，学习一些植物方面的知识。既锻炼了身体，又培养了爱劳动的好习惯，还能丰富学校的伙食。这也得益于云南的地理与气候，植物一年四季都能生长，让人羡慕。图为景东县哑口完小的学生们在“开心农场”义务劳动——种菜。

我需要各位把自己孩子不看的书先找出来备着，到时候寄给我，我根据各个学校的学生人数解决一个县的校办小图书馆的书籍问题。当然，这些书即使再多，也能由我们几家机构买下。但这个办法不好，因为孩子喜欢什么，我在网上是不知道了。我那时候也没有小孩的课外书，看的是老爹的《红楼梦》。

这是第一个小目标，还有

很多很多个，逐一落实。

我这样感谢当地帮我运筹的教育局副局长，我说：谢谢你们给我和我的同行一个机会，做些有意义的小事。您看，我的城市笼罩在雾霾下，人们的心里是需要阳光的。

教育局副局长这样回答我，她说：这里的孩子需要梦想，这是只有你们能带给他们的！

除了股票和期指，还有远方的孩子。

这篇文章的发表时间是17点54分，距我们刚刚结束的谈话不到三个小时。文字我也没有修改，原文照登。从谈话结束到微博发出，陈浩的工作效率可谓高矣，然而网友的反应更快。晚上我翻看的时候，这文章就已经有了几十条评论，大部分都是肯定陈浩决定的赞语，还有人已经心急地要地址准备寄书了。老陈不得不回复一位索要快递地址、网名叫“朱古力尼玛尼玛轰”的粉丝说：不急，我还没回去呢，我这里也要准备一下。我们直接和学校联系，需要一点儿时间。

这“一点儿时间”是九个工作日。

而在这短短的几天中，通过李副局长，我们联系到了云南景东彝族自治县教育局的负责人，从他们那里获得了学校的数量和各个学校的联系方式（一般都是校长姓名及其手机

号），还有每个学校所需课外书的数量。一看，量还真不少。小小的一个景东县，课外书的缺口居然达二十多万册！尽管他们只有185座中小学，但教育部在学生的课外书方面有“硬指标”。这种指标对于城市学生可能真的不算什么，但对于贫困山区的孩子们而言，显然很难满足这些条件。我们也在这

安定镇历史悠久，是景东县的一个大镇。安定镇中心完小，据说是安定最好的小学校，也是接受我们捐赠图书数量最多的一个学校。这所小学原来缺图书12280册，在“梦想2017”的活动中已经全部补齐。

几天通了气，研究了为山区孩子们捐书的具体办法和程序，主要途径还是发动网友自愿捐书。为工作方便，要成立一个专门的机构，当然是公司内部的机构。叫什么呢？陈总的微博中，不是引用了李副局长“这里的孩子需要梦想”这句话吗？那好，我们就叫“梦想2017”办公室好了。“梦想2017”，听上去也很有时代感。大家都同意了这个切合实际又有几分浪漫的名字，“梦想2017”办公室在2017年的1月5日正式挂牌。其实也没有什么牌子可挂，就是开了个工作会议，相关人员成立了一个微信群，群里成员恰好是九位。大家手机上都有“梦想2017”的群名了，就相当于“挂牌”了吧？

群主是和我们一起去云南考察的总经理助理孙依妮（我们称她为妮子）。这个小小的90后“领导”，安排起工作来毫不含糊。她先安排了五项任务：把景东学校的所有信息制作成一个Excel表格，为将来的统计和总结做好扎实的数据基础；写一封给网友的公开信，由陈总发微博；设计一个专用网页，以向广大捐书的网友公布各项详细信息；拟定一个与快递合作的联合声明，目的是减轻寄书的资金压力；收到的书籍暂时在行政部存放，落实保存地点和消毒方式。这五项工作中，孙助自己承担了两个，做表格和做网页；写公开信和联合声明的事情由我们文笔优美的珍妮负责；最后一项收书寄书，暂时由小美女高凡管理。后来的实践证明，“梦想2017”其实是一项工作量巨大的工作，“梦想2017”办的成员根本不够用。在工作最繁忙的阶段，陈浩公司内部所有的人，除了在重要岗位上一刻不能离开的，几乎都上阵了。全员全攻全守，那真是一个热腾腾的场面。因为对每一本书都怠慢不得，更不能出现错误。那是给山里孩子们的书，是上万名网友从书桌上、书柜里，或者自己孩子的书包里一本本地找出来，然后从祖国各地寄到公司，又在公司一本本登记造册，然后分类、检放、消毒、打包，发往祖国大西南的山区里的一座座学校，最终摆到山里孩子们课桌上的书……那是一颗颗心和一份份爱啊！

后来，在景东县各个学校接受国家教育部门验收的时候，别的不说，学生人均课外书这一项硬是完全达标了。2018年，我们到云南考察活动的效果，景东彝族自治县人民政府教育督导室专职副主任李顺堂告诉我们：课外书籍这一项，是最过得硬的指标之一，起码到2020年都不用着急了。说实话，在和普洱市教育局的李副局长聊天的那个下午，我们都没有敢想、也没有料到能有这个结果。顺便说一下，李副局长是位彝族女性，她皮肤微黑，是那种健康的“小麦色”，言语爽朗，有一种彝家女的淳朴和干练。估计李副局长也没有想到，仅仅是她在滇西南小城的那一句话，就为这里的孩子带来了向慕已久

在西南少数民族地区，流行着一种“竹竿舞”，又称“竹杠舞”。持竿者有坐、蹲、站三种姿势，在有节奏、有规律的碰击声里，变化着竹竿的分合。跳舞者要在竹竿分合的瞬间，潇洒自然地做出各种优美的动作。景东的文井中学根据这个舞蹈，自创了体育竹竿舞，学生都跃跃欲试。

的书籍，为他们打开了一扇看世界的窗户。

还记得我们会谈那天，普洱的天气真是好得出奇。当时北方正值隆冬，北京早已万木萧条，朔风肆虐。所以，你可以想象，当我们看到普洱那湛蓝的天空和明亮的阳光时，心里是怎样一种喜悦！仿佛身体每一个细胞都张开了笑脸，和这里的青山绿水快乐寒

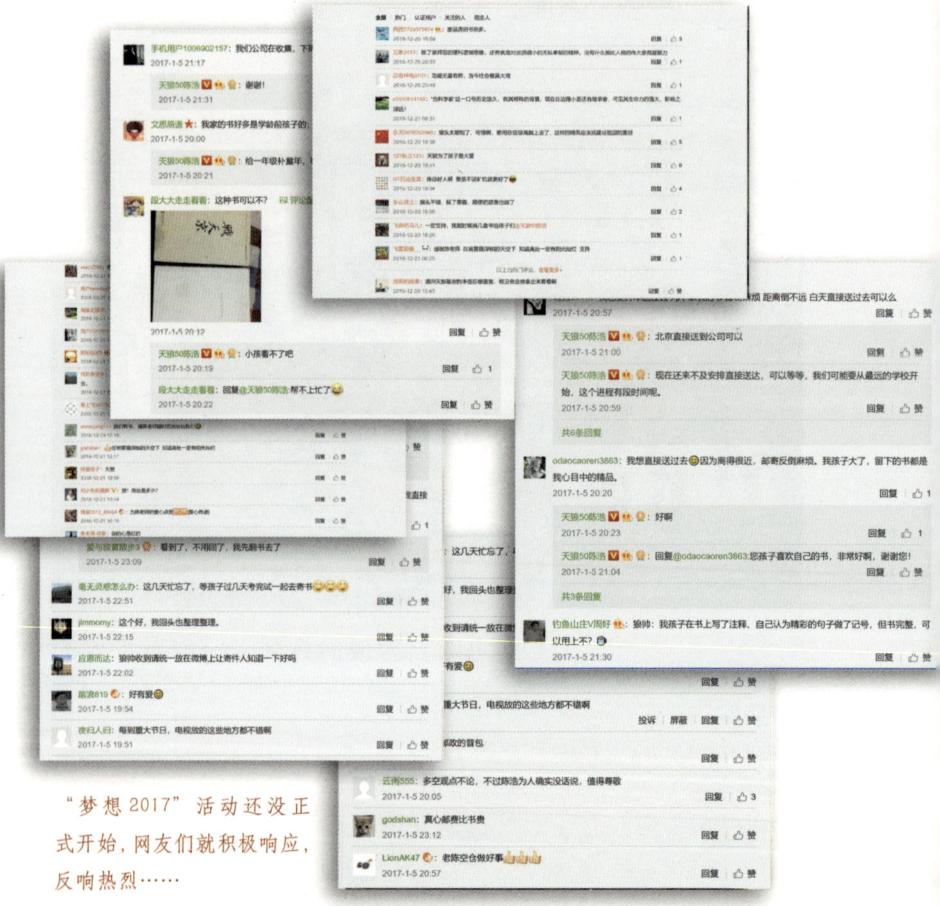

“梦想2017”活动还没正式开始，网友们就积极响应，反响热烈……

暄。特别是我们从小店出来，准备和李副局长分手的时候，抬头看见蓝得几乎透明的天空，大家都忍不住大大赞赏，而李副局长却淡淡地笑着说，这样的天，在普洱很正常。

蓝冬！对，我曾经听人说过，普洱的冬天就是蓝冬。这主要就是指这里的天空和温暖的气候。我亲身体验到了。至今我仍记得那种艳阳高照周身暖、扑面不寒二月风的舒爽的感觉。虽然那时不是二月，而是12月。普洱冬季12月的风，居然就像春风一样，吹得我们的心情像春天。

2 老陈这个人

“梦想2017”活动是在2017年1月5日正式启动的。标志就是陈浩在自己的微博上，正式贴出了这个公益活动的海报。

陈浩是鼎信汇金（北京）投资管理有限公司的总经理，也是新浪微博的著名财经博主，当时已经拥有200多万粉丝。这个在北京潮白河畔长大的孩子，出生在一个书香之家，父母是那个年代为数不多的知识分子。按照他的人生轨迹，在清华大学物理系毕业，并拿到了硕士学位之后，他应该去研究地球物理，然后做做学术，写写论文，最终成为一名学者。但命运弄人。在20世纪90年代，他误打误撞地进入了股市，而且一进去就被“套”住了。90年代的股市，用现在的眼光看，几乎是遍地黄金，但小散陈浩却成绩不佳。原因很简单，那时候根本不知道股票是咋回事，也不知道怎么找股票，只是听消息，而且是在交易所里听小道消息，那能有什么“胜算”？自然是被忽悠，结果“杯具”了。换一般人，也就懊恼半天，找瓶“二锅头”浇浇愁，叹一番自己背时而已。但陈浩这个凡事都得弄出个道理的清华高才生，非要搞清楚自己失败的原因不可。

有些人可能被逆境打败，有些人可能会被逆境磨炼成才，陈浩属于后者。

他首先想弄清楚股票是什么以及股价涨跌的秘密。没有数据通道，他就每天晚上看电视，手抄每个个股的点位。他把股市上的个股都记录在案，看着它们每天的运行轨迹，天天观察K线。这只为啥涨了？那只为啥跌了？这只咋成了大家抢手的香饽饽？那只为啥没人理？抢手的就一定涨吗？没人理的就一定不涨吗？他一头埋在自己的电脑里，每天记、写、画，非要整出个子丑寅卯来。那时候的电脑，配置也就386，容量极小，操作全是DOS系统。他每天趴在那间不足十平方米的斗室，试图用数据和K线来理解股市，分析股市的“天天算”。还别说，陈浩从这些数据里慢慢地看出了门道，它们不再是一团乱麻，而是有了自己的语言，自己的意义。数据整理出来也是不易，在原有的基础上添加新的变动，居然渐渐有了一个分析系统的雏形。陈氏理论的精彩论据，都是在那时候初现的端倪。于是，也就用了两三年时间，他几乎是顺理成章地创造了市场上第一款证券分析软件，并从此在证券分析软件的领域里纵横驰骋，到如今依然撑着证券技术分析领域的半壁江山。

或者也可以这样说，软件只是他思想的一个载体。陈浩真正令人惊异的是他对市场的理解，是他独特的观察角度和研判能力。他看市场，从不被人左右，也从不人云亦云，而是依靠从第一线采集的信息和数据，认真剖析思考，得出自己的结论，并最终形成自己的投资理念。

从清华毕业的人，一般都是学习型人才。陈浩秉承了母校这种不断钻研的精神，对股市的新生事物反应敏锐，这又使他成为研究股指期货的先行者。举办了全国首创的“股指期货晋级赛”，创造了期指操作的著名团队“野狼军团”。

十几年的时间过去后，陈浩把自己的小公司经营成了一个发展前景良好的中型企业，他也成长为当今中国证券市场上为数不多的资深专家。那个曾经被股市绕蒙圈了的毛头小伙子，如今已人到中年，并时常以著名市场人士和财经博主的身份，活跃在大众的视线里。

虽然历经磨难，但老陈情怀未改。做公益，是他一直热衷的事情。毕竟他是从一位品学兼优的学子，“被迫”走向市场和商业道路的，他的精神底色，还是一名非常热血的知识分子。他所受的那些正统教育，以及渗透在骨子里的儒家思想，一直不曾泯灭。在决定为普洱的孩子们捐书之前，他其实已经在青海的一座教授唐卡的藏族学校里，捐了一座图书馆。这次的“梦想2017”公益助学活动，是为山区的孩子们捐书。陈浩作为发起人之一，怎么能不高度重视呢?

所以，2017年1月5日，捐书海报刚刚做好，陈浩就把它贴在了自己的微博里。

海报的内文是这样写的：

在景东县曼等中学，刘崐的后人刘业宾老师在刘崐像前向学生讲解刘崐逸事。

刘崐(1808—1888)，字玉昆，号韫斋，云南普洱景东县人。是晚清时期湖南地区具有重大影响的高级官员，历任翰林院编修、侍讲、侍读学士、内阁学士等，也是清末著名的历史人物。

远方的孩子需要您

谁没有过童年？

谁的童年没有美丽的幻想？

花朵为什么开放？小白兔会讲话吗？星星为啥在眨眼睛？蓝天的外面还有什么？……

一个孩子拥有多少好奇和

文井镇路东小学。文井镇在景东县东南部，是云南省级杂交稻种植基地之一，号称“景东的米粮仓”。

虽然条件有限，但孩子们还是兴致勃勃地排练扇子舞。

这种艳丽的花朵叫马缨花，是景东县龙街乡南岸完小的王峰校长拍给我的。他说，这种花是他们那里的特色，长在2000米以上的高山上，花期很短，但很美丽。马缨花其实是杜鹃花属的一种，而且也是一种药材。它每年4—5月开花，像那些山里的孩子一样，红艳艳地绽放在云贵高原上。

想象，就会拥有多少理想；看到多少世界，就会迸发多少创造的力量！可是，在遥远的西南，就有那样的一群孩子，生活困扰着他们，大山阻挡着他们，他们和外面的世界有太多的阻隔，他们的梦也少了些孩子们该有的斑斓的色彩……

所以，请您帮助他们，用您对孩子们的一份爱心。

请您通过本人和本公司，帮助这些远在云南普洱的孩子们。

方式很简单：您找一些适合孩子们看的书，课外书，好看的书。新书可以，旧书只要干净也可以。寄给我们。我们已经和当地的学校联系，知道他们的需求，他们和孩子们需要图书。

一件小事，是吗？但勿以善小而不为。

您的一本书，可能就为孩子们打开了一扇心灵的窗；您的一本书，可能就为孩子们插上了一双梦想的翅膀。

现在，请您站起来，走到自己的书柜前吧。

孩子们需要这样的书籍：

童话，寓言，儿童文学，中外文学名著，文学大家的作品集，这些书会启发孩子们的心智，完善他们的人格；

通俗的自然科学，数学、生物、物理、地理等科普读物，它们会活跃孩子们的思想，丰富他们的知识；

中国史、世界史，诗歌、美术、音乐、游记……孩子们需要开拓眼界，认识更广阔的人生。

但孩子们可能无法接受：

内容不健康的成人杂志、商业刊物、婴幼儿读物、教材及考试用书，以及页面污损、残缺、破损的书籍。

欢迎您在书籍的扉页留下想对孩子们说的话。如果选择快递，请别到付。公司无法处理。您也可以选择到邮局邮寄印刷品，比快递实惠。为了确保您的爱心能够准确投递，请您配合以上需求。

所有书籍会由本公司的工作人员进行登记，并择时统一发放至定点学校。发放详情我们将尽快在官网网页上公布。请各位热心网友保持关注！

请邮寄至：

公司地址：北京市海淀区清华科技大厦C座1701室

邮政编码：100084

收件人：梦想2017办公室

收件电话：010–82158634（仅供快递联系）

咨询电话：400–886–3311

海报是淡蓝色的基调，配上以上的文字，显得干净明朗。老陈发微博的同时，这张海报也张贴在了“梦想2017”的专用网页上，老陈发的实际上是“梦想2017”的专题链接。看得出“梦想办”的工作效率很高。海报的写法是第一人称，是以老陈的名义写的，因为只有他的号召力对粉丝们最有效。后半部分是具体要求，红色的字提醒网友们捐书的时候要注意图书是否符合中小学孩子的特点。文末的联系方式现在已经不再使用了，因为公司已经迁往新址。

海报正式发布后，网友的反应真是快得不能再快了。

第一期

梦想2017助学活动

远方的孩子需要您

谁没有过童年?

谁的童年没有美丽的幻想?

花朵为什么开放?小白兔会讲话么?星星为啥在眨眼睛?蓝天的外面还有什么……

一个孩子拥有多少好奇和想象,就会拥有多少理想;看到多少世界,就会迸发多少创造的力量!可是,在遥远的西南,就有那样的一群孩子,生活困扰着他们,大山阻挡着他们,他们和外面的世界有太多的阻隔,他们的梦也少了些孩子们该有的斑斓的色彩……

所以,请您帮助他们,用您对孩子们的一份爱心。

请您通过本人和本公司,帮助这些远在云南普洱的孩子们。

方式很简单:您找一些适合孩子们看的书,课外书,好看的书。新书可以,旧书只要干净也可以。寄给我们。我们已经和当地的学校联系,知道他们的需求,他们和孩子们需要图书。

一件小事,是么?但勿以善小而不为。

您的一本书,可能就为孩子们打开了一扇心灵的窗;您的一本书,可能就为孩子们插上了一双梦想的翅膀。

现在,请您站起来,走到自己的书柜前吧。

孩子们需要这样的书籍:

童话,寓言,儿童文学,中外文学名著,文学大家的作品集 这些书会启发孩子们的心智,完善他们的人格;

通俗的自然科学,数学、生物、物理、地理等科普读物 它们会活跃孩子们的思想,丰富他们的知识;

中国史、世界史,诗歌、美术、音乐、游记…… 孩子们需要开拓眼界,认识更广阔的人生。

但孩子们可能无法接受:

内容不健康的成人杂志、商业刊物、婴幼儿读物、教材及考试用书;以及页面污损、残缺、破损的书籍。

欢迎您在书籍的扉页留下对孩子们想说的话。如果选择快递,请别到付,公司无法处理。您也可以选择到邮局邮寄印刷品,比快递实惠。为了确保您的爱心能够准确投递,请您配合以上需求。

所有书籍会由本公司的工作人员进行登记,并择时统一发放至定点学校。发放详情我们将尽快在官网网页上公布。请各位热心网友保持关注!

请邮寄至:
公司地址:北京市海淀区清华科技大厦C座1701
邮政编码:100084
收件人:梦想2017办公室
收件电话:01082158634(仅供快递联系)
咨询电话:400-886-3311

……

一个多小时的时间，竟然有几十位网友为捐书事宜留言。为什么网友们反应如此热烈？老陈的粉丝“陈醋”们平常只是讨论如何在股市里赚钱，如今陈老师的公益大旗一挥，竟然涌现出这么多追随者，这么多热心公益的“活雷锋”，真是令人感动。

3

第一箱书

老陈的号召力十分强大，这自不必说，微博一发，应者云集。有些网友更是“行动派”，公司瞬间被来来往往的快递小哥踏破了门槛。

实际上，2017年1月5日，也就是陈老师发微博的当天，“梦想2017”办公室已经收到了第一箱书，因为此前陈老师的微博已经将这个活动“剧透”了出去，有心人提前行动也是很正常的。这箱书是从北京市房山区新镇寄出的。这个地方离清华科技园有44公里，几乎就在公司的正南方。这个装满了书的小箱子，应该是从北京的南六环外出发，走京港澳高速进入西五环和南五环的交会处，然后顺西五环和西四环一直向北，在5日上午抵达了北四环外公司所在的清华科技园里。因为就在中午，快递小哥已经扛着书箱，来到了公司的前台。我们的群主妮子公布这一消息的时候，是12点45分。这第一箱书引起了我的极大兴趣。

这箱书的主人，显然非常认真地看了陈老师的微博，也很了解活动的内容。因为他选的书恰恰是适合小学生阅读的课外书，而且是一套当下热销的丛书：“我的成长我做主”系列（《做最棒的自己》《赞美点亮你我他》《拜拜了，坏习惯》《为自己喝彩》《朋友多，不孤单》《爸妈，我长大了》）。寄书人的名字叫张虎城。

景东四中是一座占地5万平方米的学校，在景东算是不错的学校了。这所学校风气良好，该校以“刻苦勤思、广学善问、发展专长”为学风，努力营造良好的校园学习气氛，培养学生浓厚的学习兴趣，使学生勤读书，好发问，尽情遨游于书海。图为学生们在上课。

后来我才知道，这背后还有一个非常曲折的故事。

我觉得在活动开始的第一时间，就马上给孩子们寄来图书的网友，一定是位热心人，而且作为活动的首个“行动派”，应该让他发表一下“感言”。我想在春节期间去采访他，但又感觉在传统佳节打扰人家有些不太合适。犹豫了又犹豫，我还是在2017年正月初五的中午，拨通了张虎城的电话（快递就是好，双方电话都留在快递单上，联系一点也不困难）。当我怀着忐忑的心情，拨通了张虎城手机的时候，发现自己的致电时机选择得并不好。

听口音，张虎城应该是北京人，他显然对过年期间接到这样一个陌生电话感到诧异。

“你认识我吗？你是怎么知道我的电话的？”在我自报家门，说明来意之后，他首先对我的身份表示出了高度怀疑。我只好把“梦想2017”活动大致讲了一番。

“梦想2017？我没有印象啊，我好像不太知道这个活动。”他在回答我问题的时候，周围环境非常嘈杂，而且还有孩子在哭闹，他也不断地又哄又呵斥，很显然这是一个年轻的父亲。

“你没有印象寄过书吗？”

“没有印象。”

这回轮到我大大地诧异了。收书的地址写得很准确，寄书人也是他的名字，留下的也是他的手机号，他居然没有印象？看来这里面的问题有一点小小的复杂啊。但当时，孩子在手机那一端不停地闹腾，显然也不可能细聊了，我赶紧跟他说：“我们加一下微信好不好？我这个手机号就是我的微信号，你方便时加我一下，我们好好沟通一下？”

张虎城答应了。

等他挂了电话，我心里做了两种准备。他如果加我，我当然可以继续把情况了解清楚，当然他也可以嫌麻烦，或者觉得事情没头没脑的不加我，那我也决不放弃。毕竟这是唯一的“线索”，不能在他这里断了。

但是还好，只过了片刻，张虎城就加我为微信好友。我的担心看来有点多余。

张虎城有一个很酷的微信名：黑夜之殇。头像也很酷：年轻帅气，戴着墨镜，面容冷峻。

过了几个小时，当真的黑夜降临的时候，我给“黑夜之殇”发了一条微信：

现在说话方便吗，张先生？

因为我觉得这个时候孩子们应该睡了，可能可以聊一会儿，也好解开我心中的谜团。大概过了两分钟，手机的屏幕一亮，“黑夜之殇”打过来三个字：

明天吧。

哦……采访必须尊重采访对象的意见，这也是行规。好吧。

第二天，我选择了上午10点左右和张虎城通了话。终于明白，他所在的公司是一家网上书店。我查了他的快递单，上面有公司的名字：渝轩彩。原来是家书店。于是我又把昨天的话题向他叙述了一遍。首先，我把“梦想2017”活动简单介绍了下，并且说这个为山区的孩子捐书的活动已经结束了，全国各地的网友捐来的书达10万册之多！这是一个令人振奋的数字，而且确实为孩子们解决了问题。我打算写一本书，记述这个活动的过程，当然主要还是想对山区的孩子和广大网友们都有一个交代。毕竟大家都这么关注，献出了很多爱心，而这个活动过程的始末，中间发生的各种各样的事情，也确实挺有意思。然后我告诉他，他寄来的这几本书，是我们在1月5日收到的，同时也是我们开展捐书活动后收到的第一份书。所以我才跟他联系，并想就此事和他聊聊。我看到寄书的地址是一个书店，尽管我不知道他的身份是书店的老总，还是普通工作人员，但我还是想了解他是怎么知道这个消息的，又是怎么挑出给孩子们的书的。这些书确实对孩子们帮助很大。还想了解渝轩彩是不是平时就比较热心公益活动，是否还参加过其他的公益活动，等等。

经过我不断的提醒，张虎城终于想起，他曾经寄过这么一箱书。但那不是他的个人行为，是公司行为。换句话说，是渝轩彩书店给孩子们的书。他作为员工，不便接受采访，但他可以把这件事情向领导汇报一下。他说：“我给你问问我们家老板吧，好吗？她要是同意的话，我让她加一下你的微信。”一

岩头村属于景东县的林街乡。面积只有10平方公里，平均海拔1800米，是个名副其实的山村。从岩头村完小富有民族特色的门楼望过去，就是连绵不断的群山。

两分钟之后，张虎城给我发来了一张微信名片，并且说，这是他们老板的微信，让我加她一下。显然他已经征得了老板的同意。

如果是渝轩彩书店捐的书，自然也是很好。于是我加了这个叫“yumi”的微信。很快，“yumi”通过了我的朋友验证，并迅速打过来一行字“您好。不好意思，张虎城没有跟我介绍清楚”，后面还加了一个捂脸的表情。我

一想，要用文字再说一遍，估计篇幅会很长，于是打字给她：“方便语音聊两句吗？”她回：“我现在周边有点乱，下午可以吗？”这时候正好是中午，于是我猜想她说话可能不太方便，于是回道：“好的。下午联系您。”

景东瓦萨小学的少先队活动。虽然学校很小，连个像样的操场都没有，但这并不妨碍孩子们举行庄严的少先队活动。看着红旗在旗手的护送下隆重入场，看着他们高高举起的手臂，还有孩子们挺直的身姿，忽然间有了莫名的感动……

这天下午，准确地说是2018年2月

22日14点左右，我给“yumi”发去了语音，大致还是我跟张虎城表达过的意思，我说这个事情用文字表达比较复杂，所以选择了“语音”这个捷径，希望她能理解，同时也希望她说一些为孩子们捐书的感受。

她先是打过来一个偷偷笑的表情，然后写道：“不好意思，我叫王婧钰，叫我王婧钰就好。”然后她也发来了两段比较长的语音。我一听不打紧，事情更扑朔迷离了。

王婧钰说：哦，估计这里面还有一件需要弄清楚的事情。我开了一家书店，之前跟一个公益基金会有过联系，也是合作做公益的事情。所以我不知道，您收到的这些书，是他们委托我们寄的，还是我们自己书店寄过去的书？或者是主任（我想她指的是那个公益基金会的主任）那边以谁的名义捐的书？您看可不可以这样，您提供一下具体的信息，比如说捐书的地址，或者是您那边机构和活动的名称，然后我让同事跟主任确认一下？

于是我把公司的名字、“梦想2017”活动的名字发给她，又把收到的快递单子拍照给她。这个单子其实之前我也发给过张虎城。然后我告诉她，这书就是张虎城寄来的，单子上有他的手机号，我是根据这个线索找到了他，也是他向我介绍了她（王婧钰）。书是直接寄到公司的，而且这个活动是我们和云南省景东县教育部门共同做的一个公益活动，据我了解，应该与什么基金会无涉。

接着，我又向她说明了我的想法：作为“梦想2017”活动收到的第一份赠书，我觉得它很有意义，甚至完全可以作为本次热心公益活动的代表性事件。

王婧钰显然也很同意我的说法。她告诉我，她会很快把快递单的信息发给工作人员，同时也跟那个基金会沟通一下，确定这一单到底是以谁的名义或者是从什么途径寄出的，然后再给我答复。她顺便告诉我，张虎城是她们书店仓库的一个主管。

……

到此为止，我关于“第一箱书”的采访，可以说真是一波三折。转了一大圈，竟然还不知道真正的捐书人，尽管这一箱书早已飞到云南，飞到了孩子们手上。

没办法，好事多磨。这在我的记者生涯中早已屡见不鲜了。现在我能做的，只能是泡一杯茶，静观其变了——看看王婧钰能给我什么消息。通过她那清爽的语音和伶俐的口齿，我猜想她应该是个年轻能干的女孩子。而且她已经是渝轩彩书店（据她说是天猫上的一个网店）的“领导”，可见这是一个比较有能力，属于在职场上干得不错的女孩。我身边有不

2017年1月5日，“梦想2017”办公室收到了第一箱捐赠图书，这箱书是从北京市房山区新镇寄出的。这是当时的快递单。

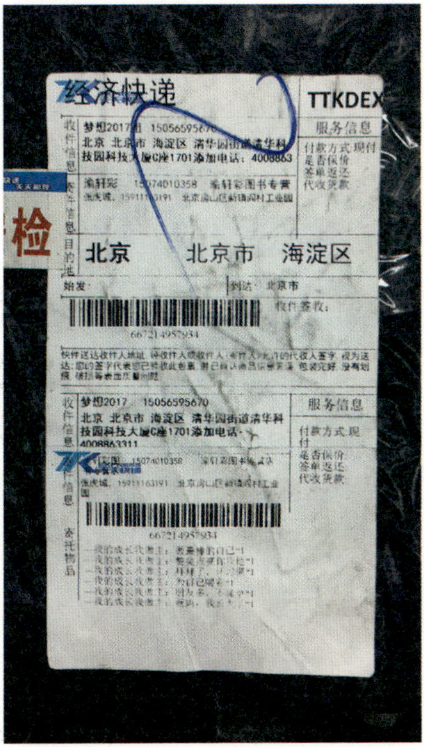

少这样的女孩子，她们聪明，利索，认真，办事有效率。所以我有理由深信：我在喝茶，她一定在“追查”……

果然，不到半个小时，我的手机“叮”的一声，一条微信来了。真的是“yumi”。她用清晰的、语速略快的语音告诉我：她刚刚跟工作人员沟通过了，已经确认此单不是那个基金会委托书店寄出的行为，而是一位普通的顾客在她们店里下单买了书，声明是为“梦想2017”公益活动捐出去的，而且是委托书店代寄到了公司。明确了，这是个人捐书的行为，但此人没有留名字，估计在天猫上买东西的人很少能留真实的名字。所以，她必须通过客服部门的同事，调一下这张单子，然后让客服先跟这位神秘的捐赠人联系一下，看真正的捐赠人愿不愿意给出个人的联系方式，以及愿不愿意接受采访。

哦？貌似真有点复杂啊！我这么想着，同时又赶快回复王婧钰，希望她尽量让客服把这个客人的详细信息询问出来。他既然是委托了书店为“梦想2017”捐书，说明他知道这个活动，对活动还很感兴趣。所以要告诉他，他是这个活动的第一位捐赠者，还要和他强调一下，这个“第一”是多么值得重视和具有意义。

话一说完，我忽然意识到，让客服美眉说这样的一大篇话，是不是有些困难？如果表达不周，若被对方误会了，再解释就更加麻烦。于是我灵机一动，对王婧钰说：

“你看这样好不好，我写一小段的文字，把我的意思写出来，如果你们的客服联系上了他，就可以把这段话拷贝给他，你看怎么样？”

“好的好的，”王婧钰用她那爽利的语音说，“您写好就先给我吧。我已经让他们在找这个订单的下单人了。哦，现在还不知道客人具体位置，我们之前的库房在北京的房山，现在已经不在那里了。客人如果同意接受采访，我会第一时间联系您。”

我赶紧写了下面这一段文字：

> 您好！贯穿2017全年的“梦想2017”公益助学活动已圆满结束。为了对这次活动进行一个小结，也为使广大捐书网友对整个活动有个了解，本公司文化总监余义林正在写作《那里的孩子需要梦想》非虚构文学作品。您的订单是捐书的第一单，故拟对此进行采访。敬希接洽。

为寻找第一箱书的捐赠者而和我一起大费周章的“黑夜之殇”和“yumi”的微信头像。正是由于有了他们的帮助，有了他们认真负责的工作，我才将几乎“断了线的风筝”又找了回来。在此感谢他们！

我把文字发给王婧钰之后，明白自己能做的又只剩等待了。而且这个时间的“度”还不太好把握。太急了不行，当然太慢也不行。24小时以后，也就是2月23日16点，我给王婧钰发了微信，问她是否联系上了那个客户。她这样回复我：哦，那个客户的信息一直不对。他留的不是真实的个人信息，所以联系不上。我让客服在“旺旺”上给他留了个言，看他能不能回复……

得！听到这里我的心沉了一下，事情又被卡住了。婧钰的工作效率很赞，但在网店上下单的人往往是用网名，要找到他们的真实信息确实也比较困难。好像也只有通过客服留言这一条路了。

好吧……我等。

2月25日17点25分，因为有任务出差，我正在贵阳候机。无意中一瞥，忽然看见微信首页上“yumi”的名字前面有一个红点——说明那里有未读信息。我赶紧点开：

“找到了”。

“150****5670”。

“王竹林”。

“您联系吧”。

以上四条都是王婧钰的文字，真是言简意赅，我一字未改。只是为保护他人的隐私，隐藏了部分手机号码。

只有我和她，知道这时候已经无须再多说什么，这就是全部的、也是最重要的内容。我心里那个激动啊，真想给小姑娘一个大大的拥抱！本书这一章的写作，她功不可没。我立刻拨通了王竹林的电话。

听到的是一个年轻小伙子的声音。

“喂？你是王竹林？很高兴能够找到你。我是为‘梦想2017’活动写书的作者……”

“哎呀，您好余老师！”那边的王竹林兴奋地说道，“余老师，是余老师吗？特别高兴您能给我打电话，也特别高兴我捐的书是贵公司收到的第一箱捐赠图书，真太巧了！我太幸运了！”小伙子的话，又真诚又热情，倒令我有些不好意思起来。看来，他不仅知道“梦想2017”的活动，而且对公司包括对我都比较了解，王婧钰的客服显然把我们找他的意图转达得非常到位，非常清楚。现在的问题是，我马上要登机，来不及对他进行详细的采访。这也无妨，我和王竹林迅速加了微信，说好有空聊。

踏破铁鞋无觅处，得来全不费工夫。我心里的一块石头总算落了地。兜兜转转的竟然就这样峰回路转了，很神奇是吧？

等我出差结束，忙完了手头的杂事，终于再次开始本书写作的时候，便有了和王竹林如下的聊天：

我：有个小好奇，是渝轩彩的客服在旺旺上给你留言，才找到你的吗？

声夜（王竹林的网名）：当时买书的订单要填手机号码，陈老师最初的微博没有预留号码，所以我就填了自己的。客服通过这个号码找到我的。

我：这样啊，幸亏你留了手机号。否则真就找不到你啦！客服是给你留言呢，还是直接打的电话？

声夜：先打的我电话，我没接到，后来加我微信的。备注留言问我是不是“梦想2017”助学活动捐书者。我一看可能认识，然后就通过了好友验证，是她跟我说您在找我。

紧接着，王竹林把他和渝轩彩客服“vivi”的聊天记录截图给了我。我一看，这个姑娘真是负责，不仅语气诚恳热情，而且也把我写的说明函很自然地贴了过去，让人信服。看来我找到王竹林，她也有功劳啊！

这几张对话截图，看得让人感动。

我：(发了一个鼓掌的表情）真好！客服也很负责呢。

声夜：是的，一切都是这么美好！

我：转了一大圈，终于很圆满。

声夜：等老师您的书写好了，就更加圆满了。到时我一定留一本珍藏。

我：真会说话。不过这书里有你的名字，珍藏是必须的！

声夜：谢谢，第一次被写进书里，我也很自豪。

第一位为“梦想2017”活动捐书的小伙子王竹林。一个帅气的80后。

应我的要求，“声夜”还写了一段自我介绍，我贴在下面，让大家也了解一下这位热心的小伙子。

我叫王竹林，1989年出生，安徽合肥市巢湖市人，现在在我们地方商业银行担任客户经理一职。大学毕业后去过上海、南京工作，待了一段时间觉得大城市生活不适合自己，就回老家了，然后进了现在工作的银行，这份工作做了有5年了。我这人没什么特别的兴趣爱好，如果有，那就是炒股了。2015年我接触到天狼，被陈老师的儒雅和专业吸引，也是从陈老师微博知道这个活动，然后就在淘宝上买了些书寄过去。当时觉得这个活动特别有意义，自己也力所能及就去做了。平时生活与工作中，只要是自己能做到的都会去帮助他人。整个梦想2017活动，我前后共买过3次书寄过去。但特别荣幸，我竟然是第一位寄书过去的人（感谢第一时间发货的店家和送货的快递小哥）。记得软件当时续费的时候，客户顾问问我要不要发票，我说也报销不了就不要了，当时心里想不开发票能省下几百块的税钱，让陈老师做公益活动更好，当然这点钱微不足道，但我当时真是这么想的。微博上看到你们发的那些去云南和给孩子们拍的照片，我很感动，为自己能参加这样的活动，帮到这些孩子感到高兴！对我个人而言，自己是第一位给"梦想2017"这样有意义的活动捐书的人这件事，更加意义非凡。借用刘毅博士说过的这句话——愿天下所有的爱和爱心，都在期待的位置出现。

4

每一本书都有故事

捐书这种事情，可能有人认为没啥，把网友们寄来的书归置一下，然后发给学校不就得了？事实上真不是这么简单。

抑或可以说，寄到云南大山里的每一本书，都不简单。如果篇幅足够，每一本书都可以写出一个故事。

首先，它是经过网友们认真思考和挑选，从自己的书籍里找出来，或者直接到书店去买来，从网上下单购得，然后填好地址，带着自己对山里孩子们的祝福，寄往“梦想2017”办公室的。

真的是有祝福呢，有些有心的网友就将美好的话语写在卡片上，夹在书里一起寄来。尽管并不知道自己的书会到哪个孩子的手里，但她们真心希望那个远在深山的孩子，也同时收到自己的祝福。

比如这位网友在书里夹了一张贺卡，并在上面写道：

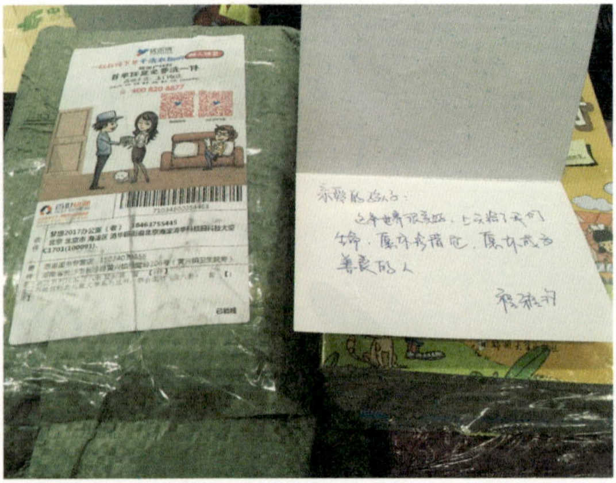

热心的网友在给孩子们捐书的同时，也将心中的祝愿写在了一张张卡片上。娟秀的笔迹里透出了浓浓的关切……

亲爱的孩子：

这个世界很美好，上天给了我们生命，愿你珍惜它，愿你成为善良的人。

——程雅羽

还有这个，这显然是位小朋友写的：

你好！云南普洱的小朋友们，我给你们寄去了一些书籍。你们要认认真真地看或读。希望你们好好学习，天天向上。有空请回信。

——来自江苏常州的小朋友

2.11 元宵节

这一位，索性在随书寄来的卡片上，抄录了著名作家毛姆

这位小朋友的留言写得很认真，而且还希望普洱的小朋友们给他回信。从落款上看，这是位江苏常州的孩子，可是他并没有留下具体姓名——怎么回信呢？

的一段话：

有时候，站在一个略高一点的山头上，我能看到下面的平原沐浴在阳光中，金光闪耀。在阳光普照下，玉米田、苜蓿地、道路以及溪流自然而然地形成和谐的图案，明媚鲜艳，飘逸曼妙。

—— 毛姆

威廉·萨默塞特·毛姆是英国小说家、剧作家，尤其在晚年享誉极高，在80高龄的时候被英国女王授予“荣誉侍从”的称号。毛姆这样有声誉的作家，童年却是非常不幸的——或者这也是捐书者的用意？

可能，Ta是觉得这段话特别美吧？

这位的卡片可以说并不是什么正规的“卡片”，而是自己剪裁的一块方方正正的胶版纸，浅浅的黄色，用非常正规的笔法，一字一句地写下了如下的寄语：

希望书籍可以为你打开一扇通往世界的门，希望阅读可以使你更加自信、勇敢和快乐！

Ta可能是太激动了，忘记了写上自己的名字。当然或者Ta压根就没有想写上自己的名字。请原谅我用“Ta”来做他们的代词，因为我实在想象不出那一段段火热的话、一张张秀丽字迹的后面，隐藏着一位怎样的主人。是他，还是她？是尊敬的老者，还是天真的孩子，抑或忙碌不堪的中年人？我不知道，但有一条是确定的，这每一段话语的后面，一定有一位可爱的人，有一颗充满爱的心，有一副热心公益的好心肠，是Ta们为山区的孩子们送出了真诚的祝福。

你可能不知道，寄往云南的每一本书，都经过了“梦想办”的造册登记，整整有十万册之多。书是谁寄的？从哪里寄来？什么时间到的公司？书的名字？属于什么类型？是否适合6—12岁的孩子阅读？最终这本书要发往云南的哪所学校？

工工整整的字，认认真真地写。真真切切的情，明明白白的心。

走哪个快递？具体地址？接受书籍的联络人叫什么名字？Ta的电话？电子邮箱？

以上这些问题，都是“梦想办”的那些小姑娘们罗列的，细致周到又全面。只要你捐了或者收了书，就可以非常轻松地查到这本书的“前世今生”。按说，这是一个非常琐碎的活儿，而且包含着巨大的工作量，但她们是多么聪明啊！在妮子的率领下，她们设计制作了一个强大的Excel表格“工作记录表”。在这个表中包含了四个工

"梦想2017"办公室，满打满算才有九名工作人员，其中还有两位公司领导。有些时候，网友们捐赠的图书纷至沓来，那时"梦想办"的人手肯定是不够用的，拆包、登记、分类、入库……公司就有很多同事自发过来帮忙。书都是很沉的，女生力气小，男生就很"爷们儿"地伸出了手臂。装车卸车，上楼下楼，最繁忙的时候，公司能搭把手的几乎全上阵了。以下的一组照片，便是那时的工作状态。

作簿，第一个工作簿是"事件记录"，第二个工作簿是"书籍运输记录"，第三个工作簿是"学校信息"，第四个工作簿是"每日书籍统计"。这相当于把几项工作分门别类地记录清楚，基本涵盖了捐书活动的方方面面。譬如在"事件记录"的目录下，便详细记载了这个公益活动中发生的重要事情。比如记录了陈老师的微博第一次预热，记录了我们作为活动发起人前往普洱的第一次谈话，记录了物流的跟踪信息快递单号，记录了2016

年12月27日该项目文案过会、“梦想2017”正式启动微博话题，也记录了2017年1月5日收到的第一箱捐赠书籍。而在第二个工作簿“书籍运输记录”之下，记录的是获捐书籍的运送情况。如1月19日第一批书籍寄送，目的地是云南省景东县龙街乡南岸中心小学，寄送数量是480册，总重量是52.2公斤，选用的快递是EMS，运费是574元……这个工作簿把已完成的每一笔寄送书籍，都详细记载下来，让人一目了然。第三个工作簿是“学校信息”，全称叫作“景东县县域义务教育学校缺图书学校基本情况统计表”，其中有A—J共10个单元。A是序列号，B是学校类别，C是在校学生人数，D是所缺图书的册数，E是校长姓名，F是联系电话，G是详细通信地址，

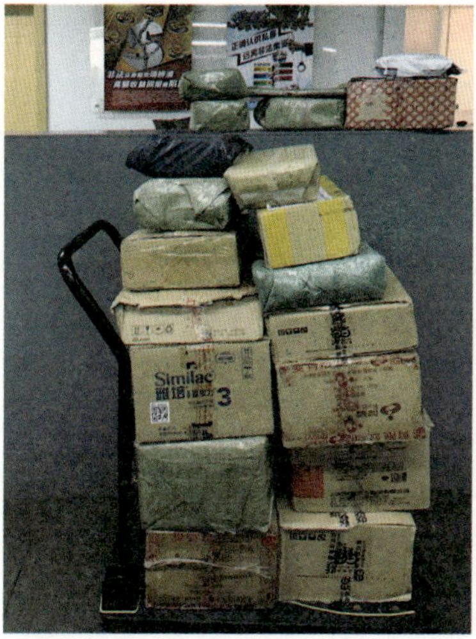

H是邮政编码，I是电子邮箱，J是备注。在备注中，标明了是否给学校寄书以及寄书的时间。第四个工作簿是“每日书籍统计”——当然这是每天收到的捐赠书籍的情况统计。这个表中列了六个单元，分别是“日期”、“分类”、“捐赠总数量”、“快递数量”、“累计收到快递”和“累计书籍数量”。在第二项“分类”下，又有“工具”“百科”“文学”“不符合”这四个小栏，捐来的书是什么内容，一看就很清楚了。

收捐书是一项非常细致的工作，来不得半点马虎。2017年全年，所有捐来的书就是这样被一本本地接收，一本本地登记，一本本地分类归置，又一本本地打包寄走……

在这里，我不妨先公布一组具体的数字，让大家感知一下从网友到公司再到云南的“书籍之路”：

2017年1月5日。这天可以看作捐书活动的第一天，因为这一天有7份快递到达公司，“梦想办”收到和登记各种书籍共计134本。

1月6日，有17份快递到达，收到和登记各种书籍346本。

1月9日（7日和8日是周末），姑娘们上班一看，门口堆放着33份大大小小各式各样的快递包裹。仅仅积压了两天，书就骤然增多，这一天收到和登记各种书籍823本。

1月10日，有16份快递到达，收到和登记的各种书籍达1133本！第一个捐书高峰期到了。这一天姑娘们可累惨了。你想，快递箱要一个个打开，然后把书一本本拿出来，将书名录入电脑，然后再看看这书要放在什么类目下。一千多本书，光看一遍登记一遍，就得多大的工作量啊！这一天，收到各种书籍，其中像字典、词典等工具书，就有212本；百科类的书籍有172本；文学书籍有326本；还有423本冷僻书籍，不太适合孩子们看，也要登记标明。这天她们一直加班到很晚。不，也不能说是加班，做公益事业是讲究奉献的，她们觉得自己是在为孩子们操劳，做的是分内的工作。想到大山里的孩子们能够看到这么多好书，她们很开心，已经完全忘记了外面天已很黑，而且还是寒冷的隆冬……

1月11日，10份快递到达，收到和登记各种书籍361本。

1月12日，有13份快递到达，收到和登记各种书籍391本。

1月13日，13份快递到达，收到和登记各种书籍403本。

……

还不只是登记呀。每本书都要检查，坏了的修理，脏了的擦净，有的还要包上书皮，让它们焕然一新。然后复又装箱，按照云南景东提供的学校名单及其所需图书种类，搭配妥当，标记好册数。

从2017年的1月份开始，“梦想办”的工作就没有轻松过。各种渠道捐来的书籍越聚越多，几乎每天都以三四百本的速度增加。主要负责登记的女孩子叫高凡，她本是个大大咧咧的女孩子，生生让“梦想办”的工作磨砺得认真又细心。是啊，虽然看上去是不起眼的一本小书，可那就是一个人对山区孩子的心愿和情感，承载着真挚的爱和美好的祝愿，岂可掉以轻心？每一本都必须认真对待啊。

收集书籍的工作确实很辛苦，但这只是“万里长征走完了第一步”。

妮子主要负责统筹全局，同时负责云南方面的信息采集和落实。在那份强大的Excel表中，她的工作重点更多放在了第三个工作簿，即“景东县县域义务教育学校缺图书学校基本情况统计表”的进度控制上。最了解景东学校的，大概就是她了，以至于后来我们到景东考察的时候，她和那里的学校几乎就是没有见过面的老朋友。随着对学校的走访，她嘴里不住地说："这里我熟悉，这学校的名字我早就记住了。""这个学校我打过好多次电话……"是啊，景东县教育局为"梦想2017"活动提供了该县所有缺书的学校的联系方式，或者也可以说就是景东县所有学校的联系方式，因为那里是国家级贫困县，那里每一所学校都缺书。而这些资料都是妮子一个个录入表格的。总共85所学校，"梦想2017"的目标就是填满这85所学校的图书室。这些校名、人名、电话是她亲手敲进电脑的，而且她都一遍遍研究过，到最后都快背下来了。从A到J的10个单元格，就是她根据情况设立的。"A"的序列号一直排到85，这就是景东县所有的中小学数量，一个不少。"B"中标明了所有中学和小学的名称。"C"是每个学校在校的学生人数。"D"中包含的数字可以说是全表的重点了，那是各个学校所缺图书的册数，比如列在第一位的景东县文井镇中心小学，缺书495册；列第二位的龙街乡南岸完小，缺书竟达3680册；第三位大朝山东镇中心完小，缺书的册数更是高达5000册；这仍然不是最高的，缺书最多的是景东县安定镇中心完小，竟然达到了12280册。

可能有人要问，为什么学校缺这么多书？当然所缺之书，并不是孩子们的课本，我们的九年义务教育可以保证每个在校学生都有上课学习的教科书，学校缺的是课外读物。因为教育部对于我国九年义务教育的评估是有标准的，云南省教育厅也根据国家标准，制定了云南省义务教育学校办学基本标准达标评估指标及标准，其中第A8项，叫作“生均图书”，就是指每一位学生应该拥有的课外书的数量。“A8”规定，小学生拥有课外书的数量要达到20册，中学生要达到30册，按人头来算，学生越多的学校，所需图书就越多。如果学校缺书很多，那在通过“义务教育学校办学基本标准达标评估”的时候，或许就不能达标，而不能达标将会影响到学校发展的方方面面。

所以，孩子们需要书，学校也需要书，整个景东县的教育界都需要书。因为那里毕竟是国家级贫困县，交通不便，教育条件也非常有限，孩子们能上得了学就已经相当不易了。按照后来我们到景东回访时，景东彝族自治县人民政府教育督导室专职副主任李顺堂的话来说：景东的义务教育是先要解决孩子们“有学上”的问题，然后才是逐步解决“上好学”的问题。的确，作为刚刚解决了温饱、并不富裕、还生活在贫困线上的孩子和他们的家庭来说，上学才是第一位的。或者说，他们能够省吃俭用、翻山越岭地去上学，就已经相当不易了，哪里还有余钱去买那么贵的课外书呢？

后来才知道，在2017年，孩子们缺乏课外书这一问题其实是一个亟待解决的问题。

公司的小姑娘们可能这样想：相比于那些渴望读书的孩子们，相比于那些为学校的课外书而着急的老师们，她们再辛苦一点也算不了什么。

5

一份特殊的节日礼物

那天，陈浩忽然神采飞扬地对我说：

“快过年了，我们要不要给孩子们准备一份礼物啊？”

“哦？是呀，是应该给孩子们新年礼物！”我马上明白了他的意思。因为我知道，他所谓的“礼物”，肯定不是好吃的，也不是玩具，就是书。他想集中一批书，在春节的时候一起寄到景东，给孩子们一个惊喜。

这想法真的很好。一是网友已捐了不少书，二是马上要到年关。作为一项被网友们积极参与，同时也在整个景东县家喻户晓的活动，能在中华民族传统佳节到来之际产生些实际效果，不是一件很好的事情吗？

而且，景东县的孩子们也盼着呢。

说实话，如果没有这次公益活动，我可能不会注意到景东县。景东县，全称是景东彝族自治县，隶属于云南省普洱市，在普洱市的最北端。普洱位于云南省的西南部，45385平方公里的总面积，让它成为云南面积最大的州（市）。普洱全境都是高山，准确些说，全普洱的山地面积达到了98.3%。海拔高度，更是从376米到3306米，全市境内竟有近3000米的落差！正是这巨大的落差，让整个普洱在峰谷山巅之间迂徐起伏。普洱的地貌特点，就是群山连绵，错落有致。北回归线从普洱市的中部穿过，更让这个美丽的山城面目明媚，具有典型的垂直气候特点。普洱最北端的景东县，则以在横断山脉南端的独特位置，为普洱的美丽添了色彩丰润的一笔，让普洱的美愈发婀娜多姿。

别看处于西南边陲，景东历史悠久。在1986年的文物普查中，景东县境内的澜沧江及川河沿岸，曾经发现了新石器时代的石斧、石器等物件，说明在远古时代，就有人类生活在景东。景东古称“猛谷”，至于为什么叫“猛谷”，我想可能和它从西汉开始，就是傣族古国勐达光（汉译“哀牢国”）的属地有关系。而“景东”不过是一个傣语的译音，“景”这个音，在傣语中就是“城”；而“东”就是“坝子”，“景东”意为“坝子城”，是“猛谷”坝子中的城镇。后来，景东的名气渐大，逐渐替代了“猛谷”的称谓，成为该地区之名。明景泰五年（1454年）《云南图经志书》卷四记载：“景东，古柘南也，蛮云勐谷，又云景董，元为开南州，隶威楚路军民总管府，后升为景东府。”

这么久远的历史，却并没有为景东创造多少辉煌，原因只有一个：这里的山太高，林太密，路太难走（或者说根本没有什么像样的路），阻隔了它与外界的联系。横断山脉，这座世界上最年轻的山脉群之一，也是中国最长、最宽和最典型的南北向山系群体，就像一个巨大的屏障，把四川、云南两省西部

和西藏自治区东部的东西交通一举隔断，使得这些地区自古就以“难于上青天”的道路而闻名天下。据说“横断山脉”这一名称，是一位清末的江西贡生黄懋材取的。当时，黄懋材受四川总督锡良的派遣，从四川经云南到南亚次大陆考察“黑水”源流，因看到澜沧江、怒江间的山脉并行迤南，横阻断路，便给这个山脉取了这个形象的名字。从地图上看，这一群南北向的山群，确实是一个无法逾越的庞然大物，它们横亘在中国西南几个省份的中间，阻断了当地的东西交通。而位于横断山南端的景东，就夹在这一群山里的两座山——无量山和哀牢山之间。两山之坳以及同样在山谷中奔涌的沧江

“横断山，路难行，天如火，水似银……”这是大家都熟悉的《长征组歌》中的一支曲子，但只有真的进入横断山脉，才能体会到“路难行”的滋味。这张图拍摄于我们去景东的路途之中，横断山就在此县的南端。自古这里就没有路，到了二十一世纪的今天，这里才开始修高速。而这条将出现在无量山和哀牢山之间的高速路，修建难度和速度几乎无法想象。

峡谷、红河水系的川河宽谷、者干河丘陵河谷，让它的地形呈现出“三水夹两山”之势。境内峰峦叠嶂，水深林密，形成了山地、河谷相间的山原地貌。无量山和哀牢山在景东县境内的面积，分别达到了2581平方公里和1740平方公里，其中海拔2000—3000米的山峰就数以百计。岭高而坡陡、水沛而谷深，是景东县的基本地理特点。

不难想象，往这样的地方寄书，是多么不易。

龙街乡在景东县的东北部山区。可能是因为路不好走，我们去景东的时候，没有被安排到这个小学访问。但龙街乡完小是我们捐书抵达的第一座学校，应该让大家看到这个学校的样子。感谢该校李彪校长，热情地向我们提供了这座山区小学的图片：这是学生们在体育课上“拔河”。

当然，这个“不易”是我后来的后来才体会到的。

先说第一个“后来”。

既然决定在春节前给孩子们寄书，而且是活动开始后的第一批书，那首先要做两个工作。一是统计书的数量。此时，“梦想2017”活动刚刚进行了半个多月，却成绩斐然。我们几乎每天都关注着《工作记录表》。其中第四个工作簿，即“每日书籍统计”，把各地网友们的捐书情况记录得非常清楚，一目了然。那么，截至1月中旬，“梦想办”已经收到了130件快递，累计4581本书，还不包括940本不适合少年儿童阅读的书。收到这么多书，还是比较让人欣喜的。书的模样也挺喜人。现在的童书，设计出挑，封面构图好看，颜色鲜艳，很多书都让人眼前一亮。网友们捐的书，大部分都品相极好，有的网友干脆是买的新书，比如王竹林，他特意从书店里购进一批童书。不用说几乎都是最新的儿童读物，设计好，簇簇新。如果这些书真的能在春节前送到孩子们手中，那孩子们得多高兴！真的是一份特别的春节礼物啊！

接着，很自然就是怎样送达的问题了。原先我们把这个问题想象得非常简单。因为现在有快递嘛！中国的快递业，那真是太强大了。只要你有地址，有名字，有电话，当然还有快递费，如此便可将物品寄至目的地。难道还有送不到的快递吗？

没有。我们现在的生活就是：无论远隔千山万水，无论你在天涯海角，都会有快递送来你买到的东西——这是一件多么简单而让人愉快的事情。所以快递的问题，最初根本就没有摆到“梦想办”的桌上：快递能有问题吗？快递能不递吗？必须不能啊。但是，理想很丰满，现实很骨感。事实证明，快递不是万能的。就是说，我们有了地址，有了姓名，也有了电话，甚至我们也出了原价的钱（按说我们可是重要客户，有理由要求打折对吧？好，我们按你的市场价走）……但就是找不到快递来接这一份给山区孩子们送书的活儿。

当时，“梦想办”的小姑娘们简直要被气炸了。我们中国难道还有快递不能到达的地方吗？云南省是远，景东也是偏，但它们难道不在中国的版图上吗？为什么快递就不能送达呢？可能是有困难，但我们给费用啊，快递公司难道连钱都不想挣了？当时我们真是百思不得其解。这个谜团，到了12个月之后的2017年年底，才算得以解开。因为在这个时候，我们踏上了景东县的土地，去实地考察“梦想2017”活动的成果。当我们的车子在弯弯曲曲的山里盘桓的时候，在时不时被正在修的道路阻断的时候，才知道，当初快递公司拒绝挣这份钱，更多的是出于无奈。因为，就像我上面介绍景东时所说的，那路，实在是太难走了。试想，我们的书从北京发出，第一站要到昆明吧？然后向西，到普洱，然后再向北，穿越200多公里的山路，才到景东。到景东县还不算完，还需要到达那些坐落在大大小小山头或山间的学校……这就是我的第二个“后来”。但当时我们哪里知道景东的实际情况？还以为是某家快递公司不愿意接难活儿，于是乎，姑娘们锲而不舍地联系其他快递。反正快递公司很多，包括这个“通”那个“通”，这个“丰”那个“丰”的，有N多家呢。她们就一家一家地打电话，结果呢，是被一家一家地拒绝。

与快递公司的通话通常是这个样子的：

“请问，你是某某快递公司吗？”

“是啊是啊，你有什么业务？”

“我们要寄书，可以吗？”

“寄书当然可以了。请问寄多少？”

“现在还不确定。应该挺多的，几十本上百本不止。”

“好的好的，请问你们寄到哪里？”往往这个时候，快递小哥的态度是积极的，语气是热情的。

“我寄到云南省。”

“云南？没有问题，能到能到……云南哪里？”语气更加热情。

“普洱市的景东县，送到龙街乡小学。”

“哦，那等我查一下……”一小会儿沉默，然后快递小哥接着说，语气热度大概下降20个百分点：“龙街乡的小学不能送。这个地方我们送不到。”

“那你们能送到哪里？”

“我们最多送到景东县。然后要龙街乡小学的人来取。县城有我们的快递点，他们要来人取。”

“那个小学离县城挺远的，又是给小学生的书，他们恐怕没有时间或者没有能力来取吧？我们按原价给你们快递费，请送到龙街乡小学不行吗？送到乡里也行呀。”这时候，我们的姑娘们，改用温柔的甚至是央求的语气了。

“对不起，加钱也不行。这个乡我们不能送到。快递员不能到那里。”这个时候，有些不耐烦的小哥，已经把电话挂了。有修养好一点的，最多加一句话：“真对不起，你去问问别家吧。”

总之，和若干个快递公司的通话，往往都是这样结束的。

好吧，总有预料之外的事。在“梦想2017”活动开始的时候，最早担心的是书的问题。我们担心发出捐书的倡议以后，大家的反应一般，现在看，这种担心早已被“应者云集”化解。后来又担心书的内容，比如适合孩子们阅读的书太少等，结果又是瞎担心。因为网友们的认真和细心，让我们收到的书有着高比例的“合格率”，简单分类就可以满足孩子们的要求。但是，让“梦想办”上下都大跌眼镜的是：收到这么多的书，居然杀出了一个“寄不走”的问题。尤其是能够达到门对门投递的 —— 这种我们认为是理所当然的投递方式，居然没能找到一家。

当然，说没有找到一家，是个比较夸张的说法。因为实际上有两家快递公司可以选择。一是我们传统的中国邮政，即从新中国成立起就有的邮局。那是国家在几十年间建造起来的体系，很庞大。即便是遥无边际或几乎荒无人烟的角落，邮政的“脚”也能够走到，因为邮政旗下有数以千计的乡邮员，正是靠着他们，邮政可以深入中国的每一个角落。中国是一个多山的国家，在那广大山区的褶皱里也有村庄，在遥远的穷乡僻壤也有人生活，要和他们保持联系，乡邮员功不可没。乡邮员其实大部分都不算正式的邮递员，一般是当地生活的青年农民，因为熟悉地形也擅长走山路，与国家邮政签了合同，负责那些最偏僻的村庄的信息传递。而且，大部分乡邮员所做的远不止送信送包裹这么简单，他要做的许多事情早已超出了职责范围。比如，他不仅要当邮递员，无论刮风下雨、严寒酷暑都必须将包裹送到收货人手中，同时还要当村民们的代购员、代办员、服务员。在一些人少的小村庄，他可能就是“大管家”，男女老少啥事都找他，他是快捷的、或许也是唯一的与外面世界联系的枢纽和通道。在偏远的农村，这真是一份要凭着恒心、爱心、诚心才能做好的工作，人们把他们誉为遍布祖国大地的“一抹绿色”。记得某年央视评选出的“感动中国十大人物”之一，就是一位乡邮员。有位电影导演还根据他的故事，拍出了一部很有特点的影片《香巴拉信使》。故事主人公就是四川凉山彝族自治州木里藏族自治县马班邮路的乡邮员王顺友。这部片子全部由非职业演员出演，再现了乡邮员平淡无奇甚至乏味的生活，同时又展现了主人公丰富的内心世界。影片的镜头语言恬淡朴实，在当时也产生了不错的影响。我

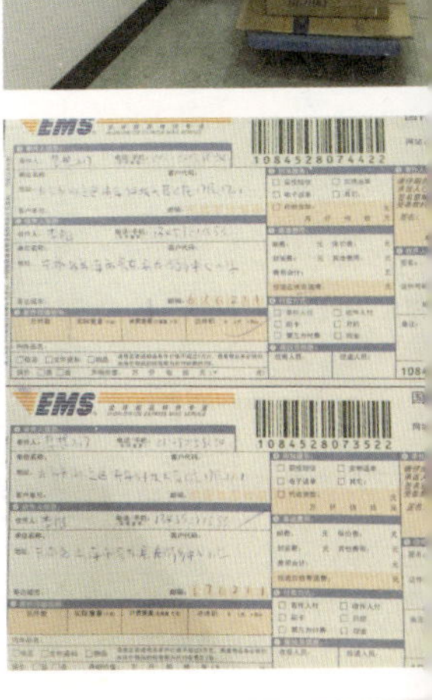

景东地貌

另外一本书的女主人公，羌族女孩“天仙妹妹”就在这部影片中担任了一个角色。所以我对邮递员这个题材印象颇深——顺便说一点题外话。

我们当初之所以没有选邮局，原因只有一个：他们邮费比较贵。但现在看来，若想在春节前把我们的“礼物”送给孩子们，那就只好拜托这些乡邮员了。

当然还有一家很牛的快递公司：顺丰。顺丰是以快速送达著称，但其价格几乎比邮政还要高。我们要寄的是书，如果以重量计算，书应该算是最压分量的东西。尤其是现在的少儿童书，很多是用铜版纸印刷的，一本书就已经很重了。而无论邮政还是顺丰，邮寄包裹都是以公斤为单位，实际上一公斤内的书真的没几本，有时连两本都没有。我们要寄的书，至少也要有几百本，先不说成本多高，恐怕重量也是令人咋舌的。那是需要有人一步一步翻山越岭，需要忍着劳累，冒着危险，送到山里孩子们稚嫩的小手上的，这是个极其艰巨的任务……顺丰自然是有快递员的，说不定也是从当地招募的。但他们肯定不如邮局更让人信任。或许这是一种老观念吧？反正是为了保险起见，我们最终还是选择用中国邮政来邮寄。

2017年1月19日，第一批书由EMS收揽，寄往景东县龙街乡中心小学。在“梦想2017”的官网上，也随之挂出了给孩子们的新年贺信。

给远方孩子们的一封信

亲爱的同学们：

这是从北京给你们寄来的新年礼物！希望你们喜欢！

不，这是从全国各地经由北京寄给你们的新年礼物，代表全国各行各业的叔叔、阿姨、哥哥、姐姐，还有爷爷、奶奶的一点点心意！

这些礼物很简单，就是书。

我们知道你们喜欢书，也需要书。书是我们的好朋友，读一本好书，能让我们增长知识，开阔视野，丰富阅历，陶冶情操…… 读书有益于人的一生。

其实人生就是一条路，这条路与时间绑定，在此路上跋涉的痕迹将成为我们每个人唯一的轨迹，且不可复制或者重复。在人生的道路上，我们能够见到的风景是有限的，而书籍就是望远镜，能让我们看得更远；书籍也是一盏灯，能让我们看得更清晰；书籍更像一扇窗户，为我们的人生展现出更为辽阔的大千世界。

“读书不觉已春深，一寸光阴一寸金。”亲爱的同学们，你们正在人生之路的起点，正值读书学习的大好年华，叔叔阿姨们不仅希望你们喜欢读这些书，而且也希望通过这些书连起北京和景东之间的千山万水。把你们喜欢的书告诉我们，把你们的心情告诉我们，写信、发照片都可以，我们热切期待着你们的回音！

孩子们，来读书、来爱书吧！或许某一本书，就为你指出了明亮的人生之路，为你插上了梦想的翅膀，让你像一只雏鹰一样，从祖国的大西南展翅高飞，向着全世界翱翔！

我们爱你们！

这信挂在了微博上，为的是让小朋友们看到，也是让全国的热心网友们了然，知道他们捐的书中的第一批，已经开始向遥远的云南，那个叫龙街乡小学的地方跋涉……

为什么是龙街乡的小学？因为他们缺书的数量我们刚好可以满足。表格上面登记着景东所有学校缺书的册数，我们就根据收到的书的数量，“集中兵力打歼灭战”，一个学校一个学校地分配。当时龙街乡的小学是缺书比较少的，比如龙街乡中心小学，缺书1787册；龙街乡东山完小，缺书1000册；龙街乡南岸完小，缺书3680册……你可能会问，缺书3000多册还算少吗？是的，这个算是比较少的缺书数字。景东县的孩子们，在2017年之前都缺乏课外书。统计数字标明，最多的是安定镇中心完小，缺书12280册（当然缺书数字和在校生的数量成正比，学生多的学校就缺书多）。而在当时，“梦想办”已经收到了近7000册书，龙街乡有6所小学，其缺书的数目恰好在7000册左右，于是我们就先把龙街乡列到了发书的单子上。按照陈老师的说法，给孩子们送的新年“礼物”，龙街乡的小学校是第一批。

我们当时也没有别的要求，就是希望能把书送到学校，至少送到乡镇。因为即使是把书寄到县里，让各个学校去取，在景东也是一件十分困难的事。我们曾经给景东的校长们打过电

景东的孩子们，从来没有想过自己能看到这么多漂亮的书。

话，那里全是山区，道路崎岖，地形险恶，成百上千册的书分量又很重，如果要他们到县里自取，也是很繁重的任务。而寄到县里，由教育局人来送，也是不可能的。人手少、时间不能保证不说，同样存在着没有路、不能通车的困难。现在看来，还是要依靠我们强大的中国邮政，才能顺利将书寄到。尽管天气寒冷，年关已近，但我们对那些几乎无所不能的乡邮员们抱着极大的希望。

这一年的冬天，北京气温持续低迷。平常最高气温也就维持在1℃左右，黄昏时气温仅−9℃，让人感觉十分寒冷。气象学家们说，因为2016年夏季的天气十分奇怪，汛情严重，很多地区气候异常，这是超强厄尔尼诺现象的反映。而厄尔尼诺现象的发生，不仅会使夏天炎热，而且会使冬季提前来到。别的地方不知道，反正北京是有“快要冻哭了”的感觉。貌似春节前后，全国大部分地区都出现了偏冷的状况。

“梦想办”的姑娘们则十分担心云南。2017年1月19日发走了快递之后，就至少有三朵愁云在小姑娘们的心头萦绕：一是云南会不会也很冷？会不会下雪呢？二是，如果下雪了，那么邮递员，准确地说是乡邮员，会把这么重的书送到深山里的龙街乡吗？三是，如果孩子们收不到书，那我们还有什么方式向孩子们传达我们的问候呢？也难怪她们担心，谁让北京正是

“三九四九冰上走”的季节呢?

那几天,“梦想办”几乎几小时就刷新一下EMS的运单物流信息,看着它一点点地向南移动。从北京发出了,到昆明了,在昆明分发了,到普洱了,到景东了,到龙街乡了——终于,1月26日,货单显示已经在龙街乡由客户签收!真是要感谢如此强大的网络,相信它已经覆盖了中国的每一寸土地。它让我们能够通过屏幕,看到那一箱箱承载着网友爱心的“春节礼物”,在这个寒冷的冬季安全地飞越了千山万水……

后来,我拨通了龙街乡中心小学校长李彪的电话,告诉他,他们小学是“梦想2017”活动中第一个受捐的学校。他在电话那端加快了语速:

“真的吗?那我们真是太荣幸了!”

“是的,您的学校是第一个收到全国网友们捐赠的书的。第一批,一共480本。”我也很开心地说。事实上,同一小学的第二批书是1665本,是在春节上班后发出的。

“谢谢余老师!谢谢全国的好心人们!”李校长操着一口云南普通话说道。显然,他此时有些激动。

“接到书的时候,你们那边天气很冷吧?”我仍然不忘问天气的情况。

“今年是很冷。好在孩子们还没有挨冻……”

龙街乡完小的教室。房子显然是彩钢房，在这种教室里上课可能并不舒适。据说这个小学的地理位置比较特殊，紧邻地震带。所以这里不允许盖楼，只能使用这种简装的临建……

“邮递员是把书送到学校了吗？”

你看，他关心孩子们的冷暖，我关心的是书籍的抵达。每个人的想法，其实都缘于角色的不同。

“是这样的，邮局把书放到乡里了，没有到学校，是我自己去取的。”李校长说。

“我们发的EMS，就是要求送到学校呀？他们难道没有送到吗？”我有些诧异。

“没有关系，到乡里已经很好啦，也不远。我们有的快递还要到县里去取呢。”李校长宽宏大度地说。

“学校离县里有多远？”我问。

“35公里。全是山路，不太好走的。”

…… 好吧。既然已经如此，我也不能说什么了。好歹是到了乡里，比县里近了许多，也算乡邮员们把我们的心意送到了。只是辛苦了李校长。

遗憾的是，去景东考察的时候，龙街乡我们没有去成。县教育局的领导们只安排我们去了四家有代表性的学校，至于龙街乡以及其他不少乡镇的学校都没去，可能是由于路途远且艰险吧。总之人家出于安全的考虑，已经安排了合理而全面的行程，我们也只好客随主便。热心的李校长还特地把我们捐的书，把学校的图书角和校园情况拍了照发给我，并邀请我有时间再来景东。

会吗？

我想可能会的。毕竟在景东有了这么多熟识的人，这么多的好朋友，包括后来认识的可爱的孩子们。景东山清水秀，非常迷人，正在变得更好。而且，如果景东的路修好了，我们有什么理由不去呢？

这都是后话。现在的好消息是，就在1月26日，陈老师提议的送给孩子们的新年礼物如期到达，“梦想办”的问候如期到达，全国网友的爱心如期到达。在云南哀牢山的深山里，在大山褶皱里的冬季，我仿佛看到几百册书正如花朵般盛开，那是人们用爱心营造出的美丽的早春。

这天活动开始落地，时点踏得正好。

2017年的春节是1月28日。

6

一位重要的『神秘嘉宾』

在“梦想2017”的工作记录中，有一段非常简短的话：

1月10日，空港集团总经理亲自送800余册书到公司。

短短的21个字，却包含了两个非常重要的信息。

第一，空港集团总经理名叫宣顺华，这一天他亲自带领员工来“梦想办”捐书。可能连他自己都没有想到，他这一来便和“梦想2017”活动以及山里的孩子们有了更加亲密的联系。

初见宣总，你可能不会把他和什么成功人物或显赫头衔连在一起，因为他的形象，包括衣着都很普通，整个人看上去非常低调。宣总来的那天，天色有一点阴，空气中还有一点点湿气，仿佛要下雪的样子。大概下午3点左右，公司前台忽然热闹了起来：有客人来找陈总了，还带着好多好多书！

紧接着，一位中等个头，身穿一套休闲西装、脚穿休闲皮鞋的男人笑眯眯地出现在陈总面前。

“您好！陈老师，我是宣顺华。您的粉丝。”宣总这样谦虚地介绍自己。

“哪里哪里！您客气！您还亲自上公司来？太感谢了！”陈老师非常客气地邀请宣总到自己的办公室落座。

“我真的是您的粉丝。我天天都浏览您的微博。从您一开始号召给孩子们捐书，我就想无论如何得尽点力。您这个活动

空港集团网站的首页

真的太好了，您的微博也写得好，让人感动，真是一个善举。”宣总又客气地说道，看得出他非常诚恳。

“还是靠大家支持。”陈浩微笑着说，“您这是从哪里过来？”

“我是空港集团的，今天从集团那边过来，带来了一部分书，也是我们员工捐的。”

“空港集团？在首都机场附近是吧？”

“对，在顺义。”

“顺义吗？那是我的家乡哦！我父母都在顺义呢！”陈总笑道。

“太巧了，我也是顺义人。”宣总也

笑起来，“原来是老乡，有缘！”

谈话气氛马上活跃了起来。

顺义区位于北京市东北方向，距市区30多公里。在水资源比较匮乏的北京，顺义相对来说是一个“富水区”：北运河、潮白河、蓟运河3个水系，从顺义的大地上从北向南流淌，其间还有大大小小的20多条河流，使得顺义植被茂盛、风光美丽。记得陈浩曾经说起小时候在潮白河里“捉鱼”的趣事。一到夏天，河水高涨，水面变宽了许多，男孩子们就开始了乐此不疲的“水中游戏”。他们凭着自己的机敏和灵活，去抓那些游到浅水区的小鱼，每每大有斩获。陈浩已经记不得抓了多少鱼，但却清楚记得那水——那时候的水真清啊，“潭中鱼可百许头，皆若空游无所依”，每逢说到这里，陈浩总是会不自觉地背出柳宗元《小石潭记》中的句子，陶醉的表情不知道是在怀念潮白河的清澈呢，还是那远去的童年。反正他总是出口成章，一派学霸范儿。

其实宣总也是学霸。他是顺义中学的“数学尖子”。据说，连老师都感叹：“这孩子太聪明了，学校这点儿东西真不够他学的！”因为他数学特别好，备受老师青睐。这在20世纪80年代，“学好数理化，走遍天下都不怕”的大环境中，显然是一件让家长骄傲让同学们羡慕的事。但数理化非常好的宣顺华，偏偏有些人文情怀。当陈浩选择报考清华大学、最后成为一位物理学硕士的时候，宣总却选择了读顺义师范学校，准备实现自己当一名人民教师的理想。

当然，两个人的“人生理想”都没有实现，最多是“阶段性”地实现了一点点。宣总在师范毕业后，仅仅当了三年教师，就被顺义区政府部门“看中”，随即调往顺义区政府计委。几年之后，他由顺义区人民政府办公室的岗位走向企业，在北京空港科技园股份有限公司当了副总经理。此后就开始了正儿八经的“企管”生活。在几家企业历练一番，又回到了空港集团。今天他来捐书的时候，身份已经是这家上市公司的总经理。而陈浩则与所学习的物理专业，堪称完美地“擦肩而过”—— 他也曾有过在中国科学院物理所工作的短暂经历，但1990年开放的中国证券市场无情地裹挟了这位清华学子，让他开始了对证券软件的研发与设计。或者换个说法，是证券市场的独特魅力吸引了刚刚踏上人生旅途的陈浩。与按部就班的科研机关相比，股市当然是一种更具神秘性、也更具挑战性的所在，有理由吸引那些想创新、想创业的年轻人。

两位老总的人生不管多么不同，从小生活在顺义的共同的“童年”，让他们的话题平添了一种亲切氛围。

与陈总办公室温馨的画风相反，室外一片紧张和忙碌。原来，在宣总和陈总聊天之际，随宣总来“梦想办”捐书的一位大方端庄的姑娘，已经带着手下麻利地把几大箱书都从楼下搬到了公司所在的17层。后来知道，她是空港集团党群工作部的部长李立鑫，当时来送书的是一行5人，包括宣总。800册书啊，他们居然个个都像壮劳力似的，腾腾腾就都搬上楼了。真是强将手下无弱兵啊！

后来我问了李立鑫，才知道为了拉这些书，他们特地将一辆别克车的后排椅子拆掉了，把轿车临时改装成了货车，才把这些书安全地送来。两个跟着她来的男生，也不是她手下的兵，是她抓来的壮丁。毕竟搬书是个力气活儿，是女孩子天生的弱项。两个壮丁也特别愿意来。他们说，为孩子们捐书，为远在千万里之外的大山里的孩子们捐书，听上去就是一件非常温暖的事儿。在公司员工的眼里，宣总是一位热心公益事业的好领导。李立鑫告诉我，他们之所以在几天之内就募集了这么多的书，是因为宣总在陈老师第一次发微博的时候，就关注了这件事，并马上号召全公司积极响应。而整个空港集团的员工也非常给力，在短短的三四天时间里，李立鑫的办公室就已经放满了大家从自己家里拿来的书，甚至还有员工的孩子们捐的书，都是一本本精心挑选出来的。1月，正是天寒地冻的时节，那些从员工手上递过来的书，好像都带着温度，让整个公司变

景东是彝族自治县，很多孩子都是彝族。和很多少数民族孩子一样，他们仿佛生来就对艺术有感觉。景东喜欢艺术的孩子很多，教育部门也利用孩子们的兴趣，开办了很多课外辅导班，给孩子们提供学习的机会。这是彝族的小女生在学习绘画。

得十分温暖。

当时空港集团的网站上，曾经发过这样一个新闻：

“共享书香、传递爱心”

2017空港亿兆爱心捐书活动

2017年1月4日空港股份公司发起“共享书香、传递爱心”图书捐赠活动。本次捐书活动的对象主要是云南贫困山区的儿童。通过捐赠书籍，让更多边远地区的贫困孩子获得知识。消息传达到空港亿兆，广大职工积极响应，纷纷将各自家中适合青少年阅读、健康有益的书翻找出来，拿到单位进行捐赠，让旧书不再沉寂，再一次发挥它原本的功效。此次捐书的种类丰富，有中外名著，科普读物，另外还有课外辅导资料，共计102册，员工捐赠率100%。

赠人玫瑰，手有余香。大家的慷慨捐赠，会让贫困山区的孩子受益匪浅，使书的价值和个人的素养得到更大的升华，同时也会让更多的孩子感受到社会并没有遗忘他们，让他们感受到社会的温暖，把我们中华民族的传统美德发扬光大。想到一双双美丽的大眼睛饱含着对知识的渴求，让我们更多的人伸出援助之手吧。有效地利用资源，同心协力，用我们的爱心去点燃贫困山区孩子的梦想火炬。股份公司发起的爱心捐书活动，让爱心得以播撒，让雷锋精神熠熠生辉。

空港亿兆，只是空港集团的一个下属公司。“梦想2017”的活动，在空港有了另一个美丽的名字，叫“共享书香、传递爱心”。在开展活动的两三天里就人人参与了捐书，充分反映出空港集团员工热心公益的古道热肠，这也可以看作空港集团献爱心的缩影。说到这里，应该让大家全面了解一下这个依傍在首都国际机场旁边的大型企业。空港集团，实际上就是北京空港科技园区股份有限公司（简称“空港股份”）。在2000年3月，由北京天竺空港工业开发公司作为主发起人，联合了顺鑫农业、华大基因等四家公司共同发起设立，是国内唯一一家临空型园区类上市公司。空港股份于2004年3月在上海证券交易所发行上市。

空港股份毗邻首都国际机场，临空优势得天独厚。按照“规划高起点、建设高标准、管理高水平、开发高效率”的发展原则，推动旗下各园区及周边地区向“空港城”迈进，协力顺义区城市化进程的加快发展。空港集团的主要业务，是工业地产开发、建筑工程施工、标准厂房经营、物业管理和工业地产。在发展方向和定位上，以园区的开发建设为基础，通过加大房地产开发力度、不断优化产业结构、增持优质物业，实现土地资本、科技资本与金融资本相融合，保持土地开发业务稳定增长，促进建筑施工业务的规模增长，大力拓展标准化厂房增值业务，积极发展高附加值临空工业地产，从而全面推动空港股份的可持续发展。应该说，空港集团在临空产业园区、工业地产及商务办公等产品开发方面，均有较强的竞争优势和经营业绩。他们凭着对临空经济产业发展及工业地产的深刻理解，通过产品创新，打造出MAX企业品牌，已经成为临空工业地产开发领域的先行者。

作为空港集团的总经理，宣总对集团的发展有着极高的前瞻性。他说，空港最大优势是发展区域经济。毗邻亚洲第一巨型机场——首都国际机场的“临空经济效益”是有目共睹的。在未来发展的过程中，空港股份将紧紧跟随顺义区临空经济产业发展及城市化进程不断加快的步伐，秉承“今天事今天办”的服务宗旨，致力于提升开发品质、提高经营水平、更新服务理念，从而增强企业的核心竞争力，做好区域的经济引擎，快速向中国临空地产领导者的战略目标挺进。

“首都机场的位置就在顺义区的天竺村，这也是我的家乡啊。我没有理由不为家乡的繁荣发展而努力。”宣总半是认真、半是诙谐地说道。

宣总的办公室紧邻首都国际机场，距离仅一公里。有五条高速公路和两条轻轨通往这里，交通便利。北京新国际展览中心也近在咫尺，周边还有众多高校和国际学校。著名的温榆河别墅区就在空港园区的南侧。坐落在潮白河畔的两个高尔夫球场、乡村赛马场、四季滑雪场、绿色度假村等，在北京东北部形成了大型休闲娱乐区。这种得天独厚的地理优势，也使得空港集团有了令人羡慕的发展条件。难怪在北京市“十一五”规划中，已经正式把临空经济区列为北京市重点发展的六大高端产业功能区之一，提出了“开发临空经济区，发展临空产业，提升会展、物流业发展水平”的口号。

在空港集团网站的首页上，在显著位置有一句标语：“空港城市缔造者”。看得出，这是空港集团的愿景，它最终是以中国临空地产推动者的姿态，成为发展中国的临空经济的老大。然而，就是这样一家大公司的老总，为了表达对孩子们的关心，当然也是为了对公益事业的支持，竟亲自驱车几十公里，把书送到了“梦想2017”的办公室，这怎么能不让人感动?

更让人感动的还在后面。那就是空港集团承担了所有寄往云南景东县的书籍的运费。

运费！这又是一个“梦想”活动之初被简单化了的问题，和寄书物流一样。在活动启动之初，“梦想办”的小伙伴们没有想到，新且小的快递公司几乎不能把自己的战线铺到云南景东那么远的地方，而能送到的物流公司又会产生不菲的运费。姑娘们曾设想：既然是公益活动，我们有没有可能联合一两家快递公司来合作，请他们参与到活动中来，把网友们捐来的书，低价甚至免费运到景东？这也相当于做了广告，对快递公司形象也有益呀！说干就干，“梦想办”立即拟了封信，以招标合作为主要内容，发往各个快递公司。

★请你参与★

“梦想2017”爱心快递竞标开始啦！

各位快递小哥，在竞标前请先知晓这三个“W”：Who、What、Why——谁、什么、为什么。

Who：鼎信汇金，一家金融投资公司。一家热心公益、有道德、有担当的公司。

空港集团的总经理宣顺华（左一）亲自来鼎信汇金公司送书，受到了陈浩（中）和孙依妮（右一）的热情接待。

What：我们准备从2017年开始，开展一个名为“梦想2017”的公益助学活动，用公司在金融界的影响，为云南普洱市的中小学生捐赠课外书。

Why：那里地处祖国的西南边陲，孩子们缺少书籍。他们的生活还不富裕，但他们的童年不能没有梦想。所以我们要为孩子们送书，为他们幼小的心灵插上梦想的翅膀。

现在，经公司总经理陈浩先生在微博上的宣传，活动已卓有成效。一个个写着“梦想2017小组 收”的包裹，已从中国各地向本公司汇聚，公司姑娘们已经为这些爱心书籍拆包、登记、整理、分类、封箱，整整齐齐码放在库房，就缺小哥您的一个快递车了。

我们的要求：与我们合作，将本公司募集到的图书，分批次地由北京送至云南普洱市不同的学校。免费的哦！为孩子们免费送书，也为贵公司的公益爱心事业增添一抹可爱的亮色！

与我们合作，您能得到什么？

1.公司网站及官微的全程鸣谢。将您飞驰的快递车以及贵公司的Logo全程呈现于本公司活动专页。

2.著名大V、新浪十大财经人物、本公司总经理陈浩先生在微博中点名致谢——他拥有百万粉丝（现在已经超过200万——作者注）。贵公司知名度将得到大幅提升，因为有传播的力量。

3. 在公司为“梦想2017”所做的所有推广活动中，都将出现贵公司的名字。

4. 邀请贵公司代表，参与2017年秋季赴普洱的“梦想一日”助学活动，亲身感受公益助学的快乐——当然，假如小哥愿意的话。

在此，本公司谨代表“梦想2017小组”及陈浩博主的百万粉丝向各位快递小哥发出邀请，请您加入到这项公益事业中来，和我们共同把爱心传递下去，向祖国的花朵“书”送营养。这是一项多么美好的事业，相信聪明的有思想的你，一定会加入我们！

最后声明：本标没有标的，爱心面前人人平等。谁先联系咱就联系，谁先签约咱就签约！

这封“标书”写得情真意切，公司的女孩们自己先感动了一把，然后就在公司的官方账号上，公开艾特了国家邮政局、顺丰、德邦、优速、申通、联邦、国通、圆通、韵达、全峰、如风达、百世、中通、天天、汇通等快递公司官微。她们想，

这么多家做邮件物流的，总有一两家是愿意做公益的吧？然而，又是一次理想很丰满，现实很骨感。眼看着一个多月过去了，竟然没有一点回音……留的联系人电话和电子邮箱里，都是死一般沉寂……这是为什么呢？

不过，不管“梦想办”的倡议书有没有回应，活动仍在顺利进行。各地寄来的书源源不断，“梦想办”也只有按照程序，该登记登记，该寄书寄书……在宣总来公司捐书的那天，这些矛盾还没有凸显，所以他和陈总愉快地聊完天后，就和部下离开了。临走的时候，他对负责“梦想2017”活动的妮子说了一句话：

“我们对陈老师的公益活动大力支持。如果有什么需要我们做的，你就开口，没有问题!”

也是因为这次宣总亲自来捐书，空港集团和鼎信汇金的关系愈发紧密。进入3月，捐书的邮寄费用日见增长。因为遥远，也因为书属于分量重的物件，邮寄费用真是让人咋舌。妮子寻找了一圈合作的快递公司，无果。于是只好由鼎信汇金承担快递费。运费的额度每天都在增加，“梦想办”也不得不频频向公司财务提交申请——这是不能减免的开支，难道还能让对方承担不成？然而，往下看你就知道，居然就是有人使用了“到付”！当后来我们知道了居然有这种行为时，真的是直接无语。

有一天，妮子忽然想到，宣总的公司有运输业务，他的合作对象也有快递公司，何不向空港集团咨询一下，能否找到能够免运费的或者价格低一些的快递公司呢？她把这个想法先和李立鑫进行了交流，李立鑫非常爽快地答应了解合作的快递公司情况。大概过了两个星期，李立鑫告知妮子，说宣总知道了这个情况，表示愿意承担所有的物流费用，也等于是为孩子们献爱心，同时也是帮陈老师完成好这个公益事业。李立鑫说，当了解了运输问题时，宣总几乎不加考虑地说道:“运费？不用找别人了，我们承担吧!”

景东文井镇的文新村，是个高山间的小山村。该村有一所小学——文新村小学。很小，整个校舍才396平方米，不到10位的教师，不到百位的学生，但却有一个装饰得很“气派”的图书室，如图。这些整整齐齐地放在书架上的书，都是全国的爱心人士捐赠的。仔细看一下，或许就发现了你捐的那本。

“真的？宣总太棒了！”妮子激动极了。

是啊，也难怪小姑娘激动，这么多书的运费绝对不是一个小数目。因为到2017年底，我们募集的书籍已经超过了10万册，一册书就算重300克吧，其实大部分书都在500克以上，那么10万册书至少重30吨。30吨图书运往云南，运往那个大山深处的景东县，该是多少费用？想必有心的读者已经心中有数

普洱是茶城，同样，景东也盛产茶。由于受亚热带季风气候的影响，这里大部分地区常年无霜，所以茶树可以终年生长，普洱也是中国最大的产茶区之一。图为景东的学生们在课余时间采茶，这也是他们勤工俭学的一项主要内容。

了。因为运费的价格大家是清楚的，北京发往外地起价一般最低都是10元，更远更偏僻的地方还要高些。而这10万册书，除了最初两个月是由鼎信汇金公司承担运费外，从3月10日开始，都是空港集团负责为远行的书籍们结的“盘缠”。

在2017年底，我和妮子、鹏鹏到景东回访的时候，李顺堂副主任曾经动情地说：“你们真是好人。在捐书的问题上完全是为孩子们着想，书都很干净，而且是通过快递直接寄到学校，没有给我们添一点点麻烦。”

“这不是我们应该做的吗，应该的呀。”我说。

“不是的，有些捐书的人就不这样做。比如有一家上海的单位，他们也捐了两万本书，但运费是到付。结果光快递费，我们就付掉了十几万元。”李副主任无可奈何地摇摇头。

啊？原来还有这样的事！十几万元，可以买两万本书了吧？这难道还算是做公益吗？我们几个人，真是又愤慨又无奈，随之又为我们的“梦想2017”活动在当地产生了这么好的口碑而自豪。我又想起了宣总和他的空港集团。当然并不是说，宣总不承担运费我们的书就不能寄来，或者也搞什么“到付”—— 这种想法，想想都罪恶啊 —— 但有了宣总的支持，绝对使得我们的活动开展得更加顺畅和更加有效，这是毋庸置疑的。只是，宣总一直比较低调，我本来想就他参与公益事业的做法去采访一下他，结果他通过李立鑫传达了“婉拒”。他不想宣传个人，他说，做点好事并不是为了名或利，只是为了让自己心安。这与陈浩在普洱和李副局长第一次交谈时说的

尽管孩子们没有校服，但不影响他们认真学习。

话，如出一辙。当李副局长感谢陈浩为孩子们做公益的事情时，陈浩却说要感谢李副局长。“我要感谢您。是您和这里的孩子给了我一个做好人的机会。”陈浩这样笑道，大家也都跟着笑起来。其实，这句看似玩笑的话，却包含着一个很深刻的道理：人有善念，天必佑之。

《六祖坛经》上说，一切福田，都离不开心地。心田上播下善良的种子，总有一天，会开花结果。这是中国人千百年来遵循的人生准则。善良可能不会马上被回报，但它却真的是幸福的种子。其实善良的最大好处，是它能给你带来心灵的安详与平和，它能指引生活的方向。真正的善良会使人在遇到那样这样的问题时，仍然快乐面对。你会因此而宽容，也会因此而美好。善会写在你的脸上，融化在你的微笑里，让你和蔼可亲，万事顺遂。做善事而不图名，而善果却必绕身边。所谓“人有善念，天必佑之”的“天”，其实就是你身边的环境、人，以及一切。

忽然想起《荀子·劝学》中的几句:“声无小而不闻，行无隐而不形。玉在山而草润，渊生珠而崖不枯。为善不积邪，安有不闻者乎?”这段话翻译过来就是，声音不会因为微弱而不被听见，行为不会因为隐秘而不被发现。山里有玉，草木都会很润泽；深渊里有珍珠，崖岸都不会干枯。

善有善报，福有攸归。

7

捐书者之最

2017年1月11日，是一个冬季里难得的大晴天。但晴朗的阳光并没有带来多少温暖，相反，猎猎北风正从清华科技园的楼群中呼啸而过，像一群淘气的孩子。

这天早上的十点多，从清华科技园里走出来三个年轻人，妮子、华征和张雨辰。他们顶着寒风向车库走去。不一会儿，华征开着自己的车，拉着两位同事，向朝阳区的华严北里奔去。

他们此行的任务是去取书。

华严北里在北京民族园西路，位置很棒，是一个老小区。小区里都是20世纪80年代的楼房，红砖水泥，古朴老旧，住在这里的一般也都是北京的老市民。此前一天，“梦想办”接到一位老先生的电话，说家里有一些书，想捐给山里的孩子们，但年纪大身体不好，可能没有办法送到公司来，不知道该怎么办。妮子果断做出决定：上门来取。

华严北里离公司不远，他们很快就来到了捐书者张根辛的家。敲开门，看到一位瘦瘦的中年男人，戴着眼镜，文质彬彬的样子，原来他就是张根辛。与电话里的声音比，人倒显得年轻些。看到妮子他们来了，张根辛很高兴也很热情，赶紧把整理好的书一捆一捆地拿出来。一看到书，妮子们都被震撼了。先不说书的数量有七八捆之多，大概足有几百本，最让人感动的是张先生把每一本书都保存得非常好，每一本书都包了牛皮纸的书皮，书皮的书脊上都工工整整写上了书名和作者名。而且所有的书几乎都是有“历史”的，以20世纪七八十年代出版的居多。当妮子告诉我这样信息的时候，我也是深深被感动了。作为一个写作者，对这样的爱书人一定是有好感的，也一定是崇敬的。所以，我在本书写作的过程中拨通了张根辛的电话。

“张先生，看到您捐了这么多书，还保存得这么好，真要向您表示感谢呀！”我开门见山地表达了自己的感受。

张根辛说：“还要说陈老师这个活动好。既然我这儿有书，能帮一把就帮一把吧。我的孩子也不看了，搁着也是搁着，还不如给需要的孩子们。”话很朴实。

“您的孩子都长大了是吗？”

“是呀，都大学毕业了。这些书都是孩子小时候看的，现在都搁在书柜里，不是也可惜了的？”

张根辛一口流利的北京腔，一听就是老北京人。“可惜了”的那个“了”，不是发“le”的音，而是发“liao”的三声，这是北京特有的口音。

“我看到您捐的书了，保存得真好。还那么细心给包上书皮。现在您的书已经寄到云南了，相信孩子们看到也会开心的。”其实我知道，他的书已经寄到了景东的安定镇完小。这个信息比较复杂，我没有想好怎样向他表述。

“那敢情好。我这些书能有用就成啊！”

“您也是通过微博知道这个活动的吗？”

“是啊是啊，陈老师的微博我天天看，这个活动一开始我就知道了，感觉这真是个好事。家里也正好有闲书，就捐了。陈老师的活动咱们必须支持，我是陈老师的老粉丝啊。所以他的事情我一定支持。咱也没什么本事，捐点书还是可以的。就是书太多拿不了，还麻烦孩子们跑了趟……”张先生语气不紧不慢，说得很真诚。

“能问一下您是做什么工作的吗？”我感觉他说话语气柔缓，应该不是干体力活儿的。

“我原先在服装厂工作。我们那个厂子是国营服装厂，后来就不景气了。我也自己出来做了，开了一个裁缝铺。做了十几年，现在也不做了。我们的工厂早不在了，90年代就改成旅馆了。”

难怪感觉他慢条斯理，原来他是一直与针线、布匹、丝绸、服装打交道的人，是个做“细活儿”的手艺人呢。难怪妮子说他的书看上去都特别精致，书皮包得简直让人赞叹，因为他有着一双巧手。连华服都可以做好的人，整理书籍岂不是

本次活动捐书最多的刘毅，他一个人就捐出了近20000本书。他和他的“韭菜集团”对于梦想活动贡献巨大，近5万本书都是他们捐的。图为他的一批书抵达鼎信汇金，没有地方放，暂时堆在了小会议室。

小菜一碟。但是，能把几百本书都认真地包好，不单单是靠着手巧，还需要一种情怀，就是对书本的敬重，对文化和知识的敬重。敬重文化，这在老一辈人中是很普遍的，那是中国几千年文化传统中的底蕴，也是根植于民间的非常宝贵的修养。过去很多地方都有这样的风习——家里金银成山，或许得不到太多的敬慕，但家里如果有书、有文化人，那就一定会让邻里乡亲格外敬重。实际上，在中国漫长的人文历史中，始终有着崇尚诗书、敬重文化的传承。如果只重视挣钱，会被认为是“驰骛时利”，反而会让人瞧不起。因而，人们无论贫富都重视读书，有知识有文化的人尤其会受到尊重。在张先生身上，我仿佛又体验到了这种古风。

“您的服装店开着多好，做衣服还是蛮好的。”我忽然想起，我们小区的那个昼夜24小时都营业的裁缝铺也搬走了，那小两口本来租住在车棚旁边的房子里，连做衣服带生活，他们方便大家也方便。结果现在想给衣服修个肥瘦、签个裤边都找不到人做了。

“是啊，服装要是坚持做下来也不错。其实现在做衣服挺挣钱的。”张先生附和道，“但是不行呀，家里两位老人都离不开人了。父母都年事已高，100岁的人了。”

原来张先生还是个大孝子。后来我和他聊天的时候得知，他的老父亲在2017年底走了，102岁。没有任何病，就是自然西归。俗话说，寿终正寝也是修来的福气，张老太爷显然是个有福之人啊。他的老母亲还健在，也已经超过百岁。他的叔叔也已经95岁了。看起来，张先生的家族肯定有长寿基因。

采访将近结束的时候，张根辛特别叮嘱我：“以后陈老师还有什么公益活动，我一定还要支持。下次有什么活动提前知会一下，这个请转告陈老师。”

“好的，您放心，一定转告。陈老师有您这样的粉丝，真是幸运。”我说。

我说的是真心话。像张根辛这样的“铁粉儿”不在少数，这是陈浩几十年奋斗积攒下的人气，确实如张先生所说：陈老师不容易!

张根辛的这次捐书被我们评为“最艺捐书”。理由很简单，他捐的书都经过了他的手，包上了精致的书皮，做了比较艺术化的处理，在我们收到的庞大的书籍群落中，具有这样工艺水准的不多。这么叫应该不为过。

“最早捐书”者则是我前两章写过的安徽巢湖市的小伙子王竹林。他通过淘宝的渝轩彩书店寄了书，也是“梦想办”收到的第一份捐赠图书。其实，整个“梦想2017”活动中，王竹林前后共买过三次书寄来。这里就不一一细说了。

我曾经有个设想，就是把这次参与“梦想2017”活动的所有捐书者，来一个特色大排行。比如年龄最大的捐书者、年龄最小的捐书者、捐书最多的人、捐书最早的人、距离最远的捐书者、活动最后的捐书者、有特点的捐书者等。我想他们每个人可能都有一个美丽的故事，但遗憾的是，从网友们的捐书信息中，很难找全我需要的所有因素。因为很多网友都是匿名捐书，地址电话都可能不是本人，也许人家不愿意“抛头露面”呢？更遑论了解他们的个人情况了。所以这个想法不得不放弃。这样归拢了一下，在我设想的所有之“最”中，就只有两条信息还可继续说一说。

一是最遥远的捐书者。

2017年4月5日。一份国际快递引起了“梦想办”小伙伴们的注意。这份快递的来源是“jp邮便局”，jp是Japan Post的缩写，即日本邮便局。而日本邮便局株式会社是日本一家专营邮政的公司，可见这个包裹是来自日本的。这是非常专业的两个邮政箱子。日本的快递箱虽然也是纸板箱，却好像比我们的箱子质量要好一些。也可能是国际邮件的原因，箱子看上去比较结实。这两个纸箱按顺序排在了“书籍登记表”的第588和589号。寄书人的名字叫“周方”，地址是“日本东京都大谷田”。按说，东京离北京也就3000多公里的距离，如果从绝对公里数看，可能比北京到新疆的伊犁啊红旗拉普什么的还近些（当然我们没有收到从伊犁或红旗拉普寄来的书。新疆的捐书者也不少，但都是从乌鲁木齐市寄来的，还有一位是从哈密寄来，应该也属于比较遥远的距离了），考虑到这毕竟是一份国际快递，是从东京寄来的，我们就发扬风格，把这位捐书者

一位来自日本的“跨国捐赠”者周方，在书箱内还为孩子们放了几个毛绒玩具：长耳朵的兔子，白绒绒的小熊，卡通机器人，还有这只特别漂亮的树蛙。

周方算为“捐书距离最远”的一位吧。

这两箱书整理得干净整齐。一箱是109本，另一箱是104本，都是适合孩子看的童书，文学类居多，还有一些少儿科普类书籍。最可爱的是，这位捐书者还在箱子里放了几个毛绒玩具，长耳朵的兔子，白绒绒的小熊，卡通机器人，还有一只特别漂亮的树蛙。

这只树蛙通身翠绿色，是那种绿得不能再绿的剪绒做的，造型相当惹眼可

梦想2017—— 爱心捐书名录

序号	微博/微信ID	册数	地址
1	孙舒畅	12	福建省
2	RunningJS	14	浙江省
3	林嘉鹏	5	
4	墩媽悦生活	13	天津市
5	金牛August-浦江	6	长春市
6	用户xncpy3xskv	5	
7	红色的鱼r	30	广东省
8	熊猫_宇明_过	32	不需要
9	小薛Moveon	8	珠海市
10	未生Mhy	6	辽宁省
11	Zzzz-rrrR	20	郑燕.
12	red_jons	112	浙江省
13	、Black幽默	20	广州市
14	panda系只肥仔	36	我的地
15	炫狗狂人ivan	12	地址 2
16	不甘心的切切	14	13122
17	zerxxo	40	广西南
18	IrrElephant	18	上海市
19	我叫郑星星跟我念一	62	广东省
20	Even_Vincent	16	西省南
21	加、加加	6	上海市
22	聪明的粉兔兔灵	12	
23	n骑士团n	6	苏州市
24	怒吼吧蛋蛋	17	浙江省
25	青枫便利店	25	江苏省
26	oshinomeme_	6	山东省
27	其实我是胸毛	12	18160
28	每天三杯水3	8	武汉市
29	fairyfox1	13	江苏省
	小计	586	

序号	微博/微信ID	册数	地址
30	小鸡炖蘑菇2014	17	河南省
31	天生爱中投	8	福建省
32	林霄北	6	浙江省
33	谢天谢地谢人	9	广西
34	halfbloodrock	15	上海市
35	superhjm	18	浙江省
36	GDP4ever	64	海南省
37	__维维维__	9	广东省
38	ZACK坑坑坑	12	广西南
39	老实憨厚的小贾	24	武汉市
40	涩涩de踮躇	20	上海市
41	eifel_Deng	13	广东省
42	Cshield	15	北京市
43	品行淡然	14	安徽省
44	lz-------	16	1342-
45	ASM_奔奔	12	
46	小油条配豆浆	10	湖南省
47	我只是来卖盐的	14	
48	葛底斯堡演说家	8	山西省
49	Winstock	22	广东省
50	正义盟军最终决战兵	10	浙江省
51	你别说话让我静静	8	一个
52	浩克克	20	江苏省
53	桃子MO酱	9	海口市
54	番茄狼桃	10	
55	唯爱温柔	20	安徽省
56	Cloud61	4950	
57	谁让夏天瞎了狗眼	14	云南省
58	靠海边	21	郑州
	小计	5388	

序号	微博/微信ID
59	屯溪城东有家
60	浙江美丽性感
61	夜行三千水
62	耶苏
63	阿达
64	法兰西第一放
65	东方坏小子
66	橙不得
67	黄桃爸爸
68	朱亚飞
69	ADC你自求多
70	午后狂睡-Siler
71	Natasha
72	Alysa艾梨利莎
73	Tony_
74	瞎子伊利丹
75	单仁的烙印
76	曾经胖胖
77	Tymora也对我
78	荣誉的创造
79	人山人海7127
80	荷马瞑目
81	茶晓白白
82	捏句引西啊
83	edisonjade
84	曉風殘月_bot
85	Summer
86	黑化灰黑化肥
87	MeDeen（给
	小计

陈老师顺丰黄色红色 已发
余老师蓝色
刘毅邮政橙色
自费绿色

	册数	地址	序号	微博/微信ID	册数	地:	序号	微博/微信ID	册数	地址
	4		88	Acacia（鸡丁老师）	8	江	117	Eric Liu	1000	河北东安
	16	浙江	89	头疼de一十一	16	上	118			
	22	广东	90	大苍狸	6	陈	119			
	18	江苏	91	W王大力Y	26	江	120			
	34	温州	92	梼_	10	广东省	121			
	20	上海	93	叶小帅汉祥恒富	20	湖北省	122			
	110	浙江	94	李小泥	8	广东省	123			
	7		95	東	3	王宝	124			
	130	河南	96	Anthur_	19	158	125			
	4	东亚	97	八爪八爪	6		126			
	16	山东	98	黄坤仪	20		127			
	44	不需	99	少妇小金刚	20		128			
	5	安徽	100	冯四芒	20		129			
	40		101	N	20		130			
	16	四川	102	某某大官人	10		131			
	12	北京	103	clouds	30		132			
	20	北京	104	汪汪	20		133			
	12	广东	105	.	20		134			
	28		106	Emma古小月	40		135			
	24	辽宁	107	Spring 燕	30		136			
	121	电话	108	windows9	29		137			
	8	天津	109	龙虾之王柚子	30		138			
	13	扬州	110	中国国际航空公司	301		139			
	16	浙江	111	诈捐2017第一期	700		140			
	5	江苏	112	诈捐2017第二期	500		141			
	20	徐汇	113	刘宣求	20		142			
	50	浙江	114	LCW	17		143			
发黑	36	浙江	115	Tianyang Xiao	60		144			
叔）	212	四川	116	哐粉丝郑仲基	34		145			
	1063			小计	2009			小计	1000	
								总计	10046	

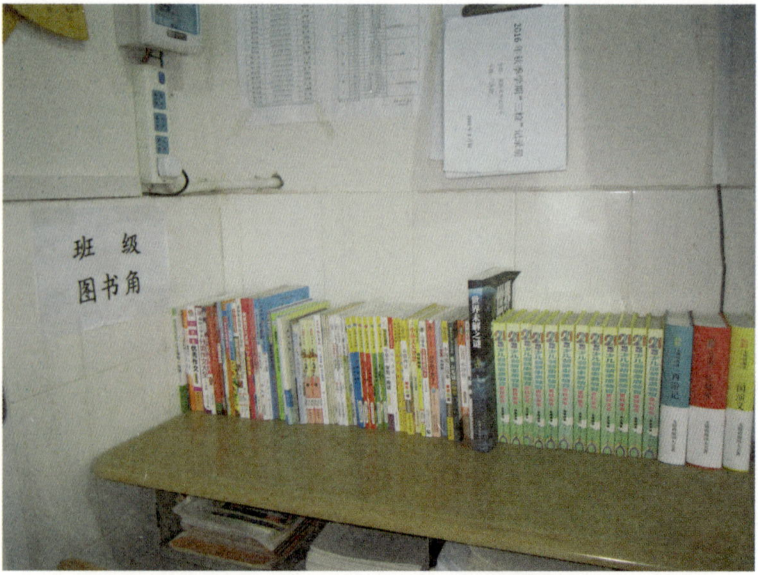

图为龙街乡完小六年级一个班的“图书角”。在一个班里能放着这么多课外书，学生们在课余时间就能随手翻看喜欢的书，在以前这是不能想象的。这次“梦想 2017”活动，让这个县的所有学生们都有了课外书。

爱。圆圆的突出的红眼睛，还有鲜红的四肢和大脚趾，煞是可爱。树蛙本来就是动物界观赏性极高的品种，有人叫它们“色彩大拼盘”，夺目的猩红色和鲜艳的亮绿色，再加上身体两侧那无比吸引人的澄蓝色，这些都是被称作“闪光色”的色彩，综合在一只树蛙身上，简直就是大自然的杰作。现在，这位周方用玩具还原出一只活生生的树蛙，真的是让人爱不释手。

只是，非常可惜，我们的捐赠仅限于书籍。其他的如衣物、玩具，包括钱款，都是不接受的。这是在活动之初就和普洱教育部门商定的。所以，这只树蛙就只有静静地躺在公司的仓库里了。如果周方先生／女士看到这本书，欢迎告知我们需要怎样“款待”这只树蛙和它的小伙伴们。

二是捐书最多的捐书者。

捐书最多的是六一。“六一”是我对他的专有称呼，其实他叫刘毅，参与“梦想2017”活动的时候，他的身份是河北东安投资集团股份有限公司的投资总监。因为他在公司中主要负责国内二级市场的调研和投资品的选取，承担着制定并执行投资策略和方案的工作，所以和陈老师有了业务上的联系。当然他也是陈老师的粉丝，而且属于“超粉”之列。我定义的“超粉”，不仅是对陈老师常年追随，而且还包括认同陈老师的投资思想与理念，并对陈老师的技术有一定的研究，甚至有创新的投资人士。刘毅恰是此类。

也是由于以上的种种特点，刘毅对梦想活动极力支持。抑或可以说，他也算是“梦想2017”的发起者之一。在这个活动中，他个人捐了近20000本书，如果算上他的粉丝——他在微博也是位拥有3万多粉丝的知名博主，他和他的“韭菜集团”（这个名字也是我起的。因为他号召粉丝们捐书，称之为

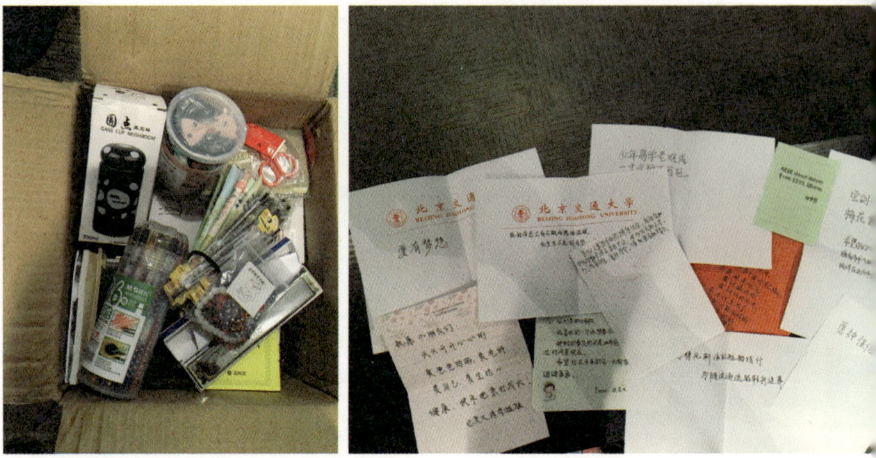

不少捐书者们都在书中夹写了给孩子的留言，这里仅是一部分。还有的随书寄来了玩具、文具等等。遗憾的是学校不收文具只收书，所以我们把感言随机寄给了孩子，文具等给了湖南的“小叶子”：也是鼎信汇金公益活动的一个落地点。

“割韭菜”，于是我叫他们“韭菜集团”）对于梦想活动贡献巨大，加起来近5万本书都是他们捐的，几乎撑起了本次捐书活动的“半壁江山”。所以，无论是六一个人，还是他的“韭菜”们，都可以当之无愧地进入“最多”之列。只不过他们的故事，包括六一个人的故事都很动人，体量也足够大，必须另辟章节写出。这里就先点到为止了。

说实话，在设计这个活动的时候，陈浩以及旗下高管们，内心还是有些忐忑的。他们不知道全国的网友们对这件事做何反应，热度如何。陈老师的粉丝也都属于“财经圈”的，对于这样一项与他们的日常生活以及业务都八竿子打不着的公益活动，会有多少人感兴趣并积极参与呢？老陈甚至做了一种准备，就是万一网友们的捐书量不够，那么公司出钱也要把景东缺书的“窟窿”堵上……现在看实在是多虑了。其实，后来一想也明白了大家响应的原因：谁没有孩子呢？为山区的孩子们做点事，谁又能拒绝呢？就像老陈说的，能有一个让自己高尚的机会，谁能不欣然前往？我按捺不住自己高兴的情绪，便以“为山区　为孩子　为梦想”为题，在微博发了一篇头条文章：

为山区　为孩子　为梦想

去年一个偶然的机会，曾和公司高管在云南普洱市了解到，当地孩子们缺乏课外书。当地教育局一位领导说：对于山里的孩子们而言，保证上学才是第一位的。大城市孩子课外书的丰富，他们几乎无法想象。谁承想听者有心，一个名为“梦想2017”的助学项目就在鼎信汇金的倡导和广大网友的热情参与中轰轰烈烈地展开了。

此刻，才是2017年的初春，各位爱心人士为普洱的孩子们捐赠的书籍，已经堆满了公司小小的库房，还有一千多本书已飞向了祖国的西南。我亦打算将这个活动

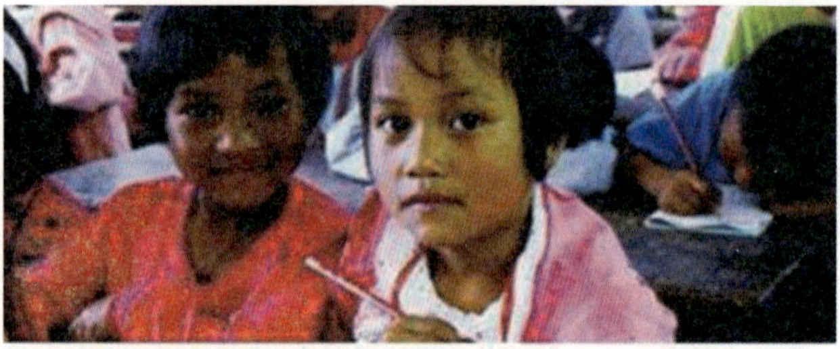

为山区 为孩子 为梦想

发布于 2017-02-10 18:05:09

去年一个偶然的机会，曾和公司高管在云南普洱市了解到，当地孩子们缺乏课外书。当地教育局一位领导说：对于山里的孩子们而言，保证上学才是第一位的。大城市孩子课外书的丰富和美丽，他们几乎无法想象。言者无意听者有心，一个名为"梦想2017"的助学项目就在泰德汇金的倡导和广大网友的热情参与中轰轰烈烈地展开了。

此刻，才是2017年的初春，各位爱心人士为普洱的孩子们捐赠的书籍，已经堆满了公司小小的库房，还有一千多本书已飞向了祖国的西南。我亦打算将这个活动记述下来，也算为孩子们做点事情。而公司竟将我刚刚出版的一本小书，作为对爱心人士的回馈品，让俺感到诚惶诚恐又不胜荣幸！

激动之余，填了一首"江城子"，一是要感谢诸君，二是祝梦想2017圆满成功！

江城子 为梦想2017作

常忆普洱月和星。

要难忘，西南行。

润草青青，山里苦学童。

茶马古道空寂寥。

风犹劲，去无声。

忽闻佳音心难平。

梦想飞，书启程。

一本薄笺，万千爱与情。

待到云岭秋高日，

唱笙歌，看晴风。

——2017年2月10日 于北京

记述下来，也算为孩子们做点事情。而公司竟将我刚刚出版的一本小书，作为对爱心人士的回馈品，让俺感到诚惶诚恐又不胜荣幸！

激动之余，填了一首《江城子》，一是要感谢诸君，二是祝梦想2017圆满成功！

江城子　为梦想2017作

常忆普洱月和星。

更难忘，西南行。

涧草青青，山里访学童。

茶马古道空寥落，

风犹劲，去无声。

忽闻佳音心难平。
梦想飞，书启程。
一本薄笺，万千爱与情。
待到云贵秋高日，
踏笙歌，看雏鹰。

——2017年2月10日　于北京

这篇微博发表后，阅读量达到了60.4万次，我为这份温暖的传递而高兴。

8

加快速度！加快速度！加快速度！

转眼间，2017年已经过去了一个季度。

截止到3月份，“梦想2017”的捐书已经收到了585份，各种书籍28360册。看上去好像很有成果的样子，我的心里也有些沾沾自喜。按照这个进度，在年底之前完成为景东捐书的“目标”应该不成问题。

然而，在4月的一天，我接到了普洱市教育局李卓娟副局长的电话。

电话内容其实很简单。她首先感谢了我们以及陈老师对孩子们的关怀，也通过我们向全国网友表示感谢。她说，现在景东很多所学校都收到了寄来的书，而且她每天都在关心景东的信息。她又夸了我们的书。她说，老师和学生们都反映你们寄来的书特别好，品种又多又好看，很多学生读了都很喜欢，让孩子们获益匪浅。你们真的做了一件大好事……

我哪里敢贪功，赶紧说，那都是全国网友们的功劳，与我们关系不大，我们只负责运到学校——我们只是搬运工。

接着，李副局长话锋一转，说到了一个实质性问题。她说，再有两个多月，有的孩子就要毕业了。她指的是现在已经读六年级的学生，到了六七月就准备离开学校了。这些小学毕业的孩子，有的可能就不能再读书了。在贫困山区推行9年义务教育，其实会面临一些我们想不到的障碍。而那些现在还没

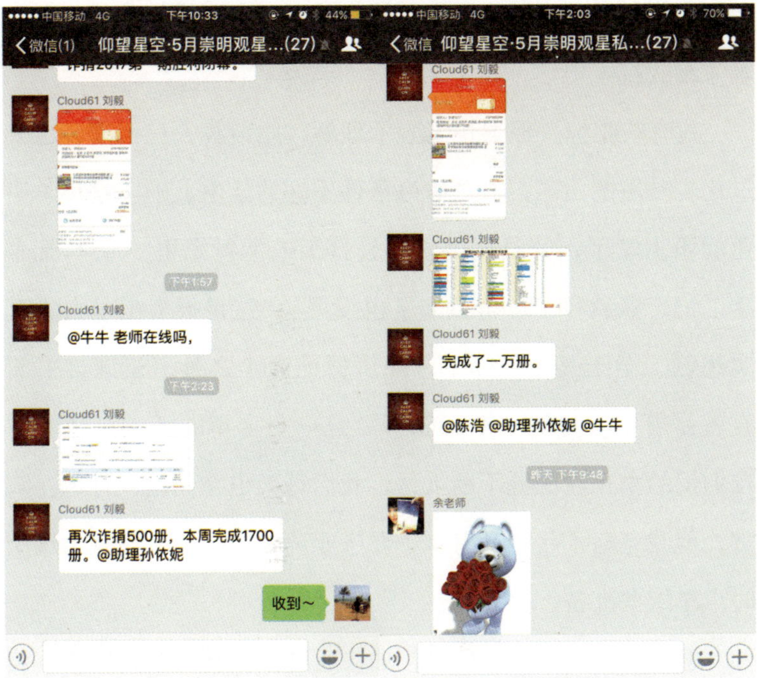

为了让即将毕业的孩子也能看到课外书，我们紧急“诈捐”。这是当时我和六一的聊天记录。

有收到书的学校，希望“梦想办”能快一点寄书过来，让那些即将毕业的学生可以看到更多的课外书。因为他们已经知道，全国有很多好心的叔叔阿姨在给他们捐书，捐的书又特别棒。看到书的孩子，把这种快乐和兴奋传递到了十里八乡，让还没有收到书的孩子有些着急。于是家长们知道了，老师们也知道了，这个信息就这样传到了李副局长那里，所以她才给我打了电话。

我有些吃惊。但很快又表示理解。此前我去过云南，也去过比较贫困的山区，有些家庭条件不好的学生，确实是小学毕业就不上学了，家长要他们回去打工或帮衬家里，“会写几个字，记个账就行了，再读多了也没用”，这是很多山里人的真实想法。至于孩子们的书，除了保证课本之外，读课外书简直就是奢望。尽管“梦想2017”是一个全年的活动，尽管网友们捐的书正在源源不断抵达，我们每天也在登记、打包、邮寄，但我忽略了年中还有孩子要毕业离校的细节，没有为这个时点早做些准备。

怎么办？只有传达信息，加快速度。我答应李副局长，我们一定把这个信息转达给广大网友，同时我们也抓紧多攒些书，尽量多发多走！

这件事，在我微博中有记录。

“梦想2017”，关注的朋友们都知道，这是一个为山区孩子们捐书的公益活动。从今年1月3日启动算起，已过去了一个季度的时间。在此期间，发生了很多感人的故事。1月5日，我们收到了第一批书籍，那是134本课外书，都是爱心人士捐出的适合孩子们读的书。1月9日，我们一天就收到了33个快递包裹，网友们对山区孩子们的关爱，创了快递到达的峰值。我们的小姑娘也整天都在登记和清点书籍，饭都顾不上吃……短短三个月，公司已收到了两万多册图书，其中的近万本书已经寄到了云南省景东彝族自治县的龙街乡南岸完小、大朝山东镇中心完小等八所小学。但是，景东县有85所小学，所需图书达20万多册，我们的“任务”才完成了十分之一。昨天和当地教育部门的负责人通了话，才知道他们的心情有些着急。本来我们还以为自己的速度够快的，但离学校的实际需求还是有距离。按这个进度，“梦想”活动可能要持续到2018年才能完成预定的任务。可是孩子们等不了啊，今年夏天就会有六年级的毕业生离开学校。在他们之中，可能有的孩子会就此告别了学校与书籍，甚至告别与梦想见面的机会，或许他们梦想的翅膀就因为缺少了几片羽毛而没有舒展翱翔！我们是多么希望那些山里娃更多地看到外面的世界啊！这就是我们做这个活动的初衷。所以，现在唯一能做的就是加快速度，加快速度，加快速度！亲爱的大家，也请你们施以援手，帮助我们，把你的孩子看过的课外书、把你认为适合小学生看的书籍拿出来，打个包，寄到：北京市海淀区清华科技大厦C座1701，梦想2017办公室。收件电话010–82158634（仅供快递联系）。

先替山里的孩子们谢谢您了！

这篇微博发在4月23日，是我和李副局长通话后的第二天。

我是真心希望这篇文章让更多的人看到，让更多的人加入我们“梦想”的行列，也更是想让那些孩子，尤其是即将离校的孩子能看到我们的书。或许就有某本书或某个故事，点亮了某个孩子的思想，让他或她的人生忽然有了改变的动力。那些从小生长在深山里的孩子，太需要看看外面的世界，太需要美丽的梦想了！

这篇微博有20万的阅读量，不知对捐书起到了多大作用，反正此后我们收到的捐书量是增加了一些，虽然离我们的期望还是有距离。

“梦想2017”加开了好几次办公会议，就是商讨怎样加快收书速度的问题。包括陈老师的微博加强“吆喝”，增强快递的频率等。由于有6月份学生毕业这条时间线，依靠网友们按部就班地捐书恐怕是不够的了。需要快速积累大批量的书。我忽然灵机一动：找出版社呀！这是书的“源泉”。幸运的是，我找到的东方出版社非常支持为山区孩子献爱心的公益活动，也特别理解当前我们遇到的困难。只要是适合孩子们读的，不管新书旧书，都以低折的价格给我们。

当时我们都开心得不得了，事不宜迟，马上开展行动。出版社的书浩如烟海，我们肯定不能贸然钻进书库去大海捞针。于是，我们按照出版社的安排，先请发行部门给我们列了一个书单，当然主要是少儿读物。

书单上优秀童书赫然在目：有深受小盆友欢迎的《机器人乐园》，有《三个淘气包系列——金银岛》，有彩色绘本《水果们的晚会》，有含有丰富历史知识的《人类的飞天之路》和《玛雅人你是谁》，有妙语连珠的《威廉姆·莎士比亚的绝妙睿语——绝妙睿语丛书》，还有十分励志的读物《站着上北大》，至于《全世界少年儿童最爱读的经典动物故事》以及《小学生励志故事朗读本·没有什么不可以改变》等，简直就像是为云南山里的孩子们量身定制的一样！

有了书单还不行，还得确定这些书有没有、有多少。在每一本书名前面，都有库位信息，对应的是这本书在仓库里面的位置。我们就要根据这个信息，去逐一核对这些书都在不在，还能不能买到需要的数量。这是一定要亲力亲为的活儿。

那段时间特别忙，各种事情都挤在一起。而去大库挑书是需要时间的，我感觉必须，或者说至少需要一整天的时间。出版社的库房又很远。最终，我选在了端午节前这天（5月29日，是个星期日），去了北京南六环外的出版社仓库。好不容易有个小长假，我就不麻烦姑娘们了。

等到了大库，我才知道自己太乐观了。这个库房之大，简直一望无际。哦，找个准确点儿的形容词，可以叫作极其壮观。5个足有几千平方米大的库房，排列在硕大的院子里。整个占地面积达13000多平方米。每间库房都有两层楼高，进去一看，

出版社库房的另一角。

一排排、一行行，满满“林立”着3到4米高的书架，真的像一座座“书山”。书架是镂空的铁架，估计是为了拿放方便，也好管理，看上去十分通透，让人愈发觉得库房大到无边。各种书籍更是目不暇接，应有尽有。书的封面色彩纷呈，整齐码放在架子上，一眼望去，恣肆又规范，美丽又凝重，散发着书的独特魅力。

库房的冯老师很热情，他看了看我的书单，又看了看显然没有经验的我，立刻给我安排了两位工作人员。于是从踏进库房的第一分钟起，两位穿着红色工作服的女工，就陪着我“按图索骥”。我们先是拿着书单，一种书一种书地核对，看看书的名字对不对，看看书的位置对不对。后来逐渐熟稔了起来，我大致知道了书架的方位，也大致知道了号码排列的规律，于是我大声读出库位，她们就走到相应的书架，再对着号码核。幸亏我的嗓音穿透力强，她们隔着几个书架都能听见，效率一下提高了很多。

虽然牺牲了假日，但超级有成效。也就用了一个上午加半个下午，我们就把299种图书的信息全部“核查”清楚，有的书信息不对，我们还在现场进行了更正。

在库房里，除了热，没有别的问题。按说5月底的北京不至于，但书库密不透风，又没有空调，真的是挥汗如雨。帮我干活儿的一位小妹很有心，还特地拿来了一根冰棍给我。谢谢心细的小妹！而最最开心的是，我居然在大库看到了我写的书，一本是我2009年写的《天仙妹妹》，另一本就是2017年才出的《相思在马丘比丘》。总之那天是又累又开心，就在库房拍了几张照，还发了朋友圈。

> 今儿个要告诉亲们，什么叫作真正的“书山有路勤为径”。不对，只有书山，没有勤径。“径”只是我在大库里找书的水泥通道。不过，看着那么多书，闻着油墨和纸张的味道，心情忽然就无端地好起来。你是不是也有这种感觉？在书架前忽然想到，任何人的写书，其实都是从看书开始的。看得多了就禁不住要写起来——或许这就是书的魅力吧！在这书山的层岩间，居然也埋着俺写的两本，也就愈发飘飘然了——

以上这些文字，其实是我发在朋友圈的“图片说明”，配了四张在书库拍的现场照。谁承想，这条微信被陈浩看到，他竟然发了一条微博，转发了我的图。

陈浩是新浪的“大V”，这篇微博的影响力比我发的朋友圈要大多了。加上又配了在大库拍的“书山书海”的照片（老实说，那照片对于没有去过书库的人，还是挺开眼挺震撼

东方出版社的巨大的书库。我在这里为孩子们挑选和核对了至少上百种一千多册的书，甚至还发现了自己写的书，不由得骄傲一下。

的），马上获得了183个赞。或者，这对网友捐书也是正面影响吧？我们现在正处于紧要关头，书是不嫌多的。此番有老牌出版社的大力支持，基本上有了1万册书左右，加之网友们以前捐的，到6月份预计将达到5万册书。即便如此，离景东的实际需求也还是有距离，特别是6月份这个“坎儿”，有毕业生要离开学校，这些孩子中还真的有不少是没有读过、甚至是没有见过漂亮的课外书的，你说是不是让人有些着急？就像我在微博中说的，有的孩子在小学毕业后，或许就不会继续读书了，那么这毕业前的两个月就显得特别关键。人的少年时期，真的是非常宝贵。它仿佛是人生的绿色，是人世间一切的精华。少年像春天，充满活力与生机。然而这个时候，也需要更多的阳光雨露，需要看到更多更大的世界。骏马，要在这个时候让它知道奔跑；雄鹰，要让它在这个时候懂得如何展翅飞翔。所以，为了这些孩子，我们一切的努力都不为过，我们一切的奔走都值得。

9

远方的孩子们来信了

景东这个地方虽然偏远，但景色一流，且气候宜人。否则也不会从那么久远的年代开始就有人居住，傣族古国勐达光，就是我们所知的“哀牢国”，在它繁荣强盛的时期，那里就是很知名的景东府了。但气候和景色，改变不了这里山高林密行路难的现状，原因是景东被中国最长、最宽的南北向群山给“横断”了一下，致使景东在群山间陷落，像一颗藏进丛林的明珠。属于横断山系的无量山和哀牢山，紧紧包裹着景东县，它们不仅使得全县道路逶迤，而且以自己的高大和连绵，阻挡了那里孩子们看世界的眼睛。

山区的孩子们绝大部分都没有电脑，即使学校有电脑，网络也不发达，所以他们和山外面世界的最好的联系，就是读书。我们希望能给他们更多更好的书，全国的网友们也确实奉献出了很多很多好书，那些书正源源不断地跨越千山万水，来到孩子们的身边。

高尔基说过：“读了一本书，就像对生活打开了一扇窗户。”这话对山区的孩子们来说尤其真实，也特别形象。我想，每位参与“梦想2017”的朋友，以及每位向孩子捐出自己喜爱的书籍的网友，可能希望每一本书，都是孩子们看世界的一扇窗；每一本书，也都是他们走向世界的一扇门；甚至，每一本书，都是照亮他们心灵的宝石，都是他们攀登人生高度的梯

少数民族都能歌善舞，彝族也不例外。葫芦丝好听好吹，音色独特优美，外观古朴，是云南不少少数民族钟爱的乐器。学习演奏葫芦丝，几乎是每个景东孩子的必修课。这种小巧易携带的民族乐器，其实也简单易学，如果你有机会去景东的学校走一走，可能会经常听到这种个性鲜明的音乐声……

子……孩子们又何尝不是这样想呢？从2017年的春季开始，我们已经零零星星地收到普洱和景东的反馈信息，那些可爱的孩子们，他们比我们想象的更爱学习、更喜欢书！

2017年7月的一天，我收到了普洱教育局李卓娟副局长的邮件，题目让我眼前一亮：《安定镇中心小学感谢信》。

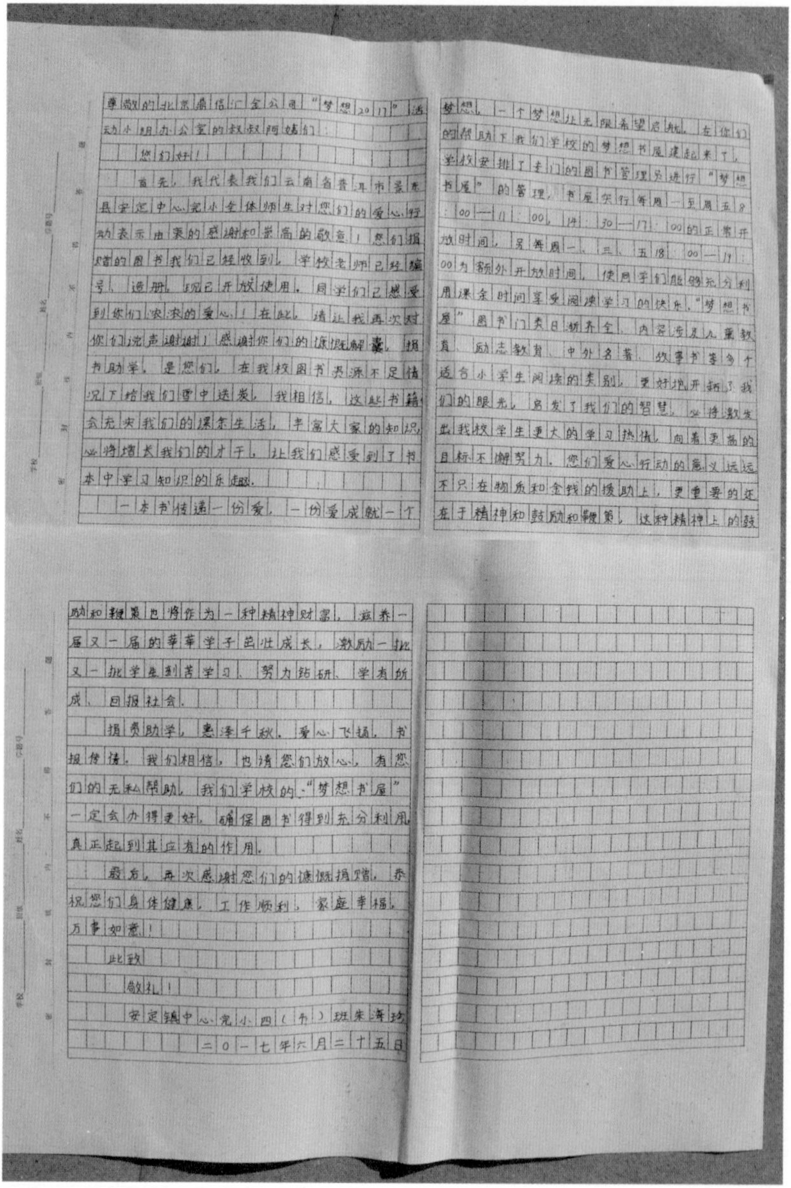
尊敬的北京鼎信汇金公司“梦想2017”活动小组办公室的叔叔阿姨们：

您们好！

首先，我代表我们云南省普洱市景东县安定中心完小全体师生对您们的爱心行动表示由衷的感谢和崇高的敬意！您们捐赠的图书我们已经收到，学校老师已经编号、造册，现已开放使用。同学们已感受到你们浓浓的爱心！在此，请让我再次对你们说声谢谢！感谢你们的慷慨解囊，捐书助学。是您们，在我校图书资源不足情况下给我们雪中送炭，我相信，这些书籍会充实我们的课余生活，丰富大家的知识，必将增长我们的才干，让我们感受到了书本中学习知识的乐趣。

一本书传递一份爱，一份爱成就一个梦想，一个梦想让无限希望启航。在你们的帮助下我们学校的梦想书屋建起来了，学校安排了专门的图书管理员进行“梦想书屋”的管理，书屋实行每周一至周五8：00—11：00，14：30—17：00的正常开放时间，另每周一、三、五18：00—19：00为额外开放时间，使同学们能够充分利用课余时间享受阅读学习的快乐。“梦想书屋”图书门类日渐齐全，内容涉及儿童教育、励志教育、中外名著、故事书等多个适合小学生阅读的类别，更好地开拓了我们的眼光，启发了我们的智慧，必将激发出我校学生更大的学习热情，向着更高的目标不懈努力。您们爱心行动的意义远远不只在物质和金钱的援助上，更重要的还在于精神和鼓励和鞭策，这种精神上的鼓励和鞭策也将作为一种精神财富，滋养一届又一届的莘莘学子茁壮成长，激励一批又一批学生刻苦学习、努力钻研、学有所成、回报社会。

捐资助学，惠泽千秋，爱心飞扬，书报传情。我们相信，也请您们放心，有您们的无私帮助，我们学校的“梦想书屋”一定会办得更好，确保图书得到充分利用，真正起到其应有的作用。

最后，再次感谢您们的慷慨捐赠，恭祝您们身体健康，工作顺利，家庭幸福，万事如意！

此致

敬礼！

安定镇中心完小四（五）班朱济玲

二〇一七年六月二十五日

我迫不及待地打开了第一封：

尊敬的“梦想2017”活动小组办公室的叔叔阿姨们：

您们好！

首先，我代表我们云南省普洱市景东县安定中心完小全体师生对您们的爱心行动表示由衷的感谢和崇高的敬意！您们捐赠的图书我们已经收到，学校老师已经编号、造册，现已开放使用。同学们已感受到你们浓浓的爱心！在此，请让我再次对你们说声谢谢！感谢您们的慷慨解囊，捐书助学。是您们，在我校图书资源不足情况下给我们雪中送炭，我相信，这些书籍会充实我们的课余生活，丰富大家的知识，必将增长我们的才干，让我们感受到书本中学习知识的乐趣。

一本书传递一份爱，一份爱成就一个梦想，一个梦想让无限希望启航。在你们的帮助下我们学校的梦想书屋建起来了，学校安排了专门的图书管理员进行“梦想书屋”的管理，书屋实行每周一至周五8:00—11:00，14:30—17:00的正常开放时间，另每周一、三、五18:00—19:00为额外开放时间，使同学们能够充分利用课余时间享受阅读学习的快乐。“梦想书屋”图书门类日渐齐全，内容涉及儿童教育、励志教育、中外名著、故事书等多个适合小学生阅读的类别，更好地开拓了我们的眼界，启发了我们的智慧，必将激发出我校学生更大的学习热情，向着更高的目标不懈努力。您们爱心行动的意义远远不只在物质和金钱的援助上，更重要的还在于精神的鼓励和鞭策，这种精神上的鼓励和鞭策也必将作为一种精神财富，滋养一届又一届的莘莘学子茁壮成长，激励一批又一批学生刻苦学习、努力钻研、学有所成、回报社会。

捐资助学，惠泽千秋。爱心飞扬，书报传情。我们相信，也请您们放心，有您们的无私帮助，我们学校的“梦想书屋”一定会办得更好，确保图书得到充分利用，真正起到其应有的作用。

最后，再次感谢您们的慷慨捐赠，恭祝您们身体健康，工作顺利，家庭幸福，万事如意！

此致

敬礼！

安定镇中心完小四（4）班朱海珍

二〇一七年六月二十五日

看完信，我这个激动啊！朱海珍，4年级，一定是个可爱的女孩子，也就11岁吧？能够写出这么大气这么出色的感谢信，真不得了。文辞通顺、文采斐然不说，还非常细心地把学校对图书的管理，以及同学们借阅情况的细节写上，知道这是捐书者想知道的问题，这是多么有心的孩子啊。

但是，且慢，好像还不止一封感谢信。李副局长发来的是一个压缩包，里面显然还有文件。我迫不及待地又打开了第二个文档。果然又是感谢信，落款的是安定镇中心完小五（4）班吴家丽。吴家丽的信，虽然也是以代表安定镇完小的同学们的身份写的，但感情更加细腻，语气更加感人：

尊敬的“梦想2017”活动小组办公室的叔叔阿姨们：

您们好！

云南省普洱市景东县安定镇镇中心完小全体师生向您们致以最诚挚的谢意！ 我是五（4）班的吴家丽，我谨代表安定镇中心完小的所有师生向你们表示衷心的问候和感谢！您们捐赠的图书我们已经收到，老师说已经编号、造册，开放使用。同学们已感受到你们浓浓的爱心！在此，请让我再次对你们说声谢谢！是您们为边疆山区的彝族孩子们送来了知识，我相信，这些书籍会充实我们彝家孩子的课余生活，丰富大家的知识。对于提高我们的阅读能力和写作水平都将起到巨大的促进作用。谢谢你们，亲爱的叔叔阿姨！

叔叔阿姨，您们的爱心行动远远不只是在物质上的援助，更重要的还在于精神上的鼓励和鞭策。无私奉献，真诚相助，将永远为我们树立一座永久的丰碑。您们的美德，必将成为一种巨大的无形的精神力量，激发我校学生更大的学习热情，向着更高的目标不懈努力。同时，这种精神上的营养和食粮也必将作为一种精神财富，滋养一代又一代的彝乡孩子茁壮成长，激励一批又一批学生刻苦学习，努力钻研，学有所成，回报社会。俗话说得好，受人滴水之恩当以涌泉相报，您们的义举感动着全校师生，我们虽无以为报但将铭记于心。

内心的感谢无法当面跟叔叔阿姨说，我们小学生的写作水平又不能尽言感激之意。我们也只有让您们的这一种精神在同学们身上扎根发芽并开出善良的道德之花，让这种精神在师生们身上延续，并把她向全社会广为宣传……

恭祝您们及家人身体健康，一生平安!!

安定镇中心完小五（4）班 吴家丽

二〇一七年六月二十五日

孩子们的话真是让我有点不好意思了。我相信捐书的朋友看到这里，也会和我有同样感受。我们不过是做了一点自己应该做的事情，孩子们却用这样热情洋溢的语言，用他们纯真的感情给了我们如此厚谢。而且这位吴家丽还是彝家孩子，她说出了“受人滴水之恩当以涌泉相报”这样的语句，这是彝族文化的内容吗？这样的俗话，汉族也是有的。原句是：“滴水之恩，涌泉相报”，最早的书面记载为清代的《朱子家训》。现在，吴家丽在信中引用了这句脍炙人口的话，说明我们文化的根，正在下一代的身上传承。

我也为孩子们的懂事而感慨。如果说朱海珍11岁，那么吴家丽也就12岁，这样年纪的小孩能够如此礼貌，这样认真努力地去思考问题，相当不易！从某种意义上来说，也折射出安定镇中心完小的教育水平。

7月，正是北京最热的时候，孩子们的来信就像一阵清爽的风，让人心情明丽。我把这信给“梦想办”的同事们传阅，大家当然都特别不好意思，也特别感动……之后说：什么都别说啦，加油干吧！

有人提议，说把孩子们的感谢信发在微博上，但很多人都表示反对。说那样一是涉及孩子们的隐私，二是有自我表扬之嫌，于是决定按下不表。“做好事，就要悄悄地”——陈老师这样教导我们。

但是事情还没有完。仅仅过了两天，我的邮箱里又收到了孩子们的来信：

尊敬的“梦想2017”活动小组办公室的叔叔阿姨们：

你们好！

我们学校共有八百多人，学校虽小，但有一群爱学习的孩子。感谢你们的捐赠，我们一定好好学习，快乐成长。如果世界上，像你们这样的捐赠者越来越多的话，我们这样贫穷的地方的学生的学习一定会芝麻开花——节节高。

莎士比亚说：书籍是全世界的营养品。像我们这样对阅读如饥似渴的少年，它的功用是不言而喻的。现在我们就像一棵棵小树苗，汲取到好的营养品才能健康成长。感谢各位捐书者送给我们的营养品，让我们快乐地成长。

阅读一本书，就是跨越时间和空间，同睿智而高尚的人对话，这是多么美妙的事情啊！古今中外有成就的人，都喜欢阅读，并善于从中汲取营养，从而走上了成功之路。有人说：一本你喜爱的书就是一位朋友，也是一处你随时想去就去的故地。感谢捐书者送给我们这一位朋友，这一处随时想去就去的故地和这一位良师益友。

就在你孤独、寂寞而又无助的时候，书就会是你最好的伴侣。它总是在我们有困难的时候挺身而出，帮我们解决各种各样的难题。它是我们身边的英雄，让我们

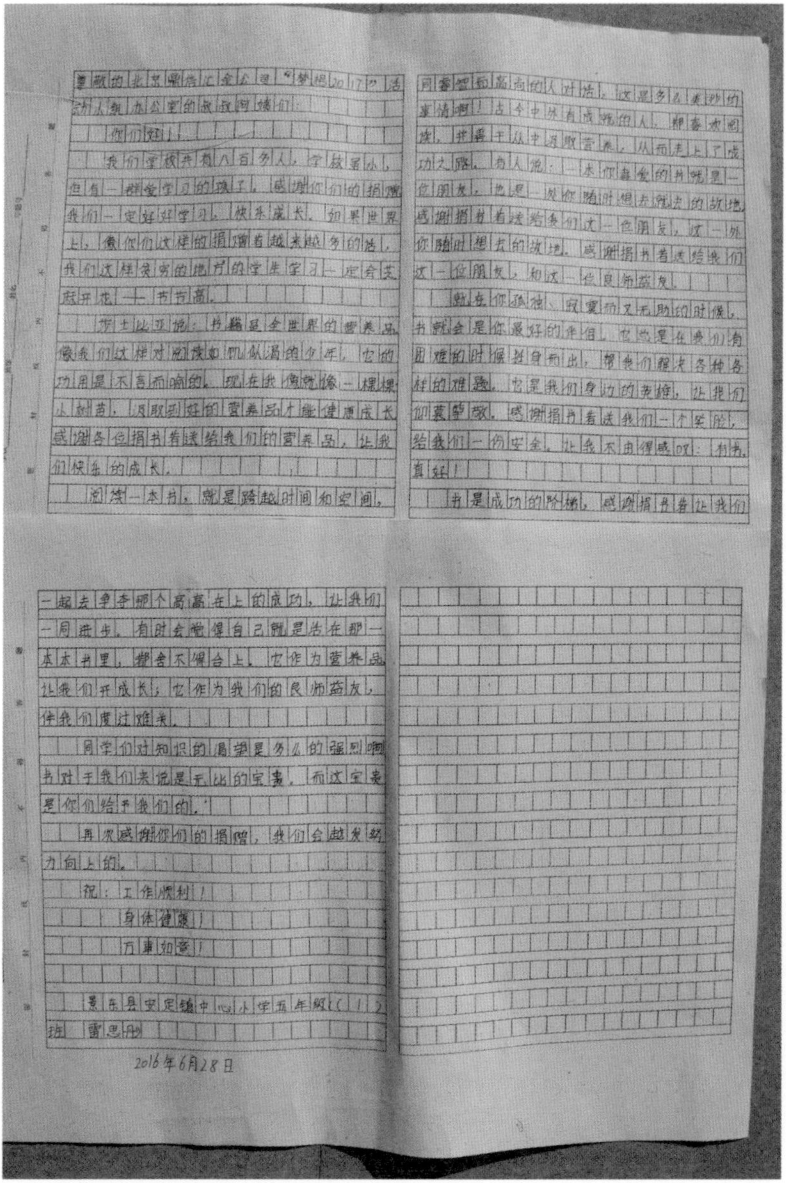
尊敬的北京鼎信汇金公司"梦想2017"活动人和办公室的叔叔阿姨们：

你们好！

我们学校共有八百多人，学校虽小，但有一群爱学习的孩子，感谢你们的捐赠，我们一定好好学习，快乐成长。如果世界上，像你们这样的捐赠者越来越多的话，我们这样贫穷的地方的学生学习一定会芝麻开花——节节高。

莎士比亚说：书籍是全世界的营养品。像我们这样对阅读如饥似渴的少年，它的功用是不言而喻的。现在我们就像一棵棵小树苗，汲取到好的营养品才能健康成长。感谢各位捐书者送给我们的营养品，让我们快乐的成长。

阅读一本书，就是跨越时间和空间，同睿智而高尚的人对话，这是多么美妙的事情啊！古今中外有成就的人，都喜欢阅读，并善于从中汲取营养，从而走上了成功之路。有人说：一本你喜爱的书就是一位朋友，也是一处你随时想去就去的故地。感谢捐书者送给我们这一位朋友，这一处你随时想去的故地。感谢捐书者送给我们这一位朋友，和这一位良师益友。

就在你孤独、寂寞而又无助的时候，书就会是你最好的伴侣。它总是在我们有困难的时候挺身而出，帮我们解决各种各样的难题。它是我们身边的英雄，让我们仰慕崇敬。感谢捐书者送我们一个笑脸，给我们一份安全。让我不由得感叹：有书，真好！

书是成功的阶梯，感谢捐书者让我们一起去争夺那个高高在上的成功，让我们一同进步。有时会觉得自己就是活在那一本本书里，都舍不得合上。它作为营养品，让我们开成长；它作为我们的良师益友，伴我们度过难关。

同学们对知识的渴望是多么的强烈啊！书对于我们来说是无比的宝贵，而这宝贵是你们给予我们的。

再次感谢你们的捐赠，我们会越发努力向上的。

祝：工作顺利！

身体健康！

万事如意！

景东县安定镇中心小学五年级（1）班 雷思彤

2016年6月28日

仰慕尊敬。感谢捐书者送我们一个笑脸，给我们一份安全。让我不由得感叹：有书，真好！

书是成功的阶梯，感谢捐书者让我们一起去争夺那个高高在上的成功，让我们一同进步。有时会觉得自己就是活在那一本本书里，都舍不得合上。它作为营养品，让我们开心成长；它作为我们的良师益友，伴我们渡过难关。

同学们对知识的渴望是多么强烈啊！书对于我们来说是无比的宝贵。而这宝贵是你们给予我们的。

再次感谢你们的捐赠，我们会越发努力向上的。

祝：工作顺利！

身体健康！

万事如意！

景东县安定镇中心完小五年级（1）班　雷思彤

2017年6月28日

尊敬的“梦想2017”活动小组办公室的叔叔阿姨们：

您们好！

今天是充满欢跃而值得兴奋地一天，因为图书室里运进了你们爱心捐助的新书。感谢您们在我们缺少图书的时候向我们伸出援助之手，这真是雪中送炭啊。谢谢您们为我们带来了爱心，谢谢您们为我们带来了宝贵的礼物。我在这里代表全班同学对您们表示衷心的感谢。

书就是我们的价值，如果没有书籍我们就无法获取更多的知识，没有了知识我们的人生就充满了平庸。课本上不是说“有志不在年高，无志空长百岁”吗？我们要从小立志，多读书。

书是我们进步的阶梯。没有书我们就没有进步的空间，我们就没有办法香更高层迈进。

书是我们的生命。没有书知识就会很匮乏，没有一点儿知识我们就会被生活欺骗而无法生存。

书是我们胜利的武器。没有书我们在学习中就无法得到更多的知识，跟不上其他人的步伐，与别人的差距越来越大，从而走向失败的边缘。

书让我们懂得如何做人，让我们懂得如何生存，如何去充实自己的生活。

书让我们国家富强，人才辈出的年代少不了书的帮助。书让跌倒的人再次站起来，书让柔弱的女孩变得刚强，书让世界上的一切变得美轮美奂、丰富多彩。读好每一本书，是每个孩子的梦想。我是一个爱读书的孩子，我很高兴能读到如此美妙的文章，就在您们捐赠的图书里。知识就是一切，新知识就是新力量。

书在我们的生活中扮演着如此重要的角色，谢谢您们为我们的生活增加了一道色彩，谢谢您们让我们的知识又更加丰富了，谢谢您们让我们又更上一层楼。

此致

敬礼！

敬祝您们工作顺利，万事如意！

安定中心完小五（2）班　李佳丽

2017年6月29日

天啊！看完这两封信，我不仅是被感动，简直是被震到了。不是因为孩子们对我们的感谢，而是为着他们出色的写作能力。五年级的雷思彤，写得文采斐然，从莎士比亚的名句写起，然后写到了读书的好处、读书的作用以及读书带来的喜悦，话锋一转，跳到对捐书者的感谢上，自然活泼，情感真挚。最值得称道的是这孩子的语感，长句短句感叹句，运用得娴熟自如，毫不夸张地说，雷思彤已经显现出了当作家的潜质。

后一位李佳丽更是厉害，在第一个自然段开门见山地说出因为收到了书，而使得“今天是充满欢跃而值得兴奋地一天”。之后，下面连用了八个排比句，“书是……”“书是……”“书是……”，层层叠加，一层比一层深入，之后又是排比的“书让……”，把书的价值描写得淋漓尽致。通过对书的褒扬和赞美，间接反映出了捐书人的重要，思路非常聪明。不过，李佳丽小朋友或许是个粗心的姑娘，她在开头的第一句话中就用错了一个助词，“今天是充满欢跃而值得兴奋地一天”中的“地”，应该是“的”；而在第三自然段中，她又写了一个错别字，“我们就没有办法香更高层迈进”，“香”应该是“向”之误。我故意没有改这两个字，是想起了自己小时候。我上小学和中学时，功课还是蛮好的，但却总是粗心，考试的时候也审题不细，出现的失误从来都不是因为不会，而是粗心大意，眼睛一扫知道“大概齐”了，就不认真思考了。这可能也和性格有关，估计李佳丽也是一个爽快利落的小姑娘。但学习的问题毕竟来不得半点马虎，越大才越觉得认真的学风其实特别重要。所以我留着这两个小“疵点”在这里，目的是与李佳丽同学共勉：我们都必须在将来的学习和工作上做到更细致和更扎实。

六月的最后一天，安定镇中心完小三年级的全体师生，以及四年级的学生代表鲁艳又发来了两封感谢信，大概是知道五、六年级的大哥哥大姐姐给北京写了信，也不甘落后吧。

尊敬的“梦想2017”活动小组办公室的叔叔阿姨们：

您们好！首先，请接受云南省普洱市景东县安定镇中心完小三年级全体师生对您们的爱心行动表示由衷的感谢和崇高的敬意！感谢您们的慷慨解囊，捐书助学，为我校全体师生增添了新的阅读空间、开拓了学生们的视野、让同学们感受到了书本中学习知识的乐趣。

小树的成长离不开阳光的呵护，花儿的开放离不开雨露的滋润。爱心捐助，寄托了尊敬的北京鼎信汇金公司“梦想2017”活动小组办公室的叔叔阿姨们对我们学校的无比关怀和殷切期望；见证了您们一直以来心系我边疆彝乡教育事业、情牵教育的赤子之心！这不仅是对我校物质上的帮助，更是对我们精神上的鼓励！

一本书传递一份爱，一份爱成就一个梦想，一个梦想让无限希望启航。捐书助学，心系教育，是您们作为热心公益事业者的崇高社会责任感的另一种形式，必将激发出我校学生更大的学习热情，向着更高的目标不懈努力。

爱心飞扬，书报传情。我们相信，也请您们放心，有您们的无私帮助，我们一定会把我们学校的“图书室”办得更好，确保图书得到充分利用，真正起到其应有的作用。

最后，再次感谢您们的慷慨捐赠！

此致

敬礼！

安定镇中心完小三年级全体师生

2017年6月29日

这一双双稚嫩的，被云南的太阳晒得黑黑的小手，认真地、一笔一画地写下了对远方叔叔阿姨感谢的话语，让人感动！感谢细心的老师为我们拍下暖心的瞬间。

尊敬的“梦想2017”活动小组办公室的叔叔阿姨们：

您们好！

我是一名云南省普洱市景东县安定镇中心小学四年级的学生，您们赠予我们学校的爱心图书我们已经收到，且已编号、造册，进行专柜管理并为师生开放使用。

我代表我们四年级全体师生向您们致以最诚挚的问候！地处边远山区，学校藏书有限，我们课外阅读书籍

不多，知识面窄，当我们收到您们捐来的图书时，同学们如同沉浸在节日的快乐里。我们知道，一本书，对我们来说是何等贵重！书是我们了解外界的窗口！我们内心的感谢无法当面道明，只能用简短的几句话表达我们的感激之意。“人道为本，博爱为怀，奉献为荣”，您们的精神在全校师生中已生根发芽，接受资助的我们也唯有如此，让您们的这一种精神在我

或许就是因为景东县是国家级贫困县，那里的孩子才格外让人惦念。从后来的信息得知，到2017年底，全国爱心人士的捐书已达20万册，让该县的“生均图书”指标完全达标。

们身上扎根发芽并开出善良的道德之花，让这种精神在师生们身上延续，并把她向全社会广为宣传。向你们致敬！

祝您们：工作顺利，身体健康！

四年级学生　鲁艳

2017年6月30日

我忽然想起了培根说过的话："读书给人以乐趣，给人以光彩，给人以才干。"

这几天阅读孩子们的来信，先是被他们的真情感动，后来就为他们爱读书、会读书的精神而着迷。尽管他们只是简短地写下了对书的感受，但看得出他们是认真思考过的。这些小小的十来岁的孩子，已经把读书当成了人生的重要内容，这才是我们捐书者的最大欣慰啊。后来又陆续收到了其他几个学校的感谢信，这里仅选了安定镇中心完小的作为代表——让所有的捐书人知道孩子们的这份情就可以了。

毋庸讳言，我们现在已经处于读图时代，每天接触的信息太多，时间被碎片化，思考也逐步变得浅薄。在微信上经常看到一些可笑的谬误甚至谣言，还被很多人郑重其事地转发，其实稍加思考就知道是假的。究其原因，就是人们的思想能力被肢解，对很多事情都不求甚解，造成人云亦云。越是如此，越应该提倡阅读。读书不仅能够重启大脑深入思考的功能，也是抵抗狭隘、肤浅思想的方式。爱读书的人，可以超越平凡世界里的庸常与琐碎，深度认识这个世界。一本书，往往不是一下子就能读完的，读书人必须静下心来，一句一段地阅读，同时需要思考、联想、分析，才能理解书中的道理和意义。很多人都有这样的体会，当获得了书中的妙处和乐趣，那种快乐是其他事情无法比拟的！

所以我很欣赏同学们在信中能这样动情而真诚地谈到读书。书读得越多，他们的知识就越丰富，视野就越宽广，理解能力也就越强。读一本好书，就是与一个睿智的人对话，可以审视自己的不足，解决心头的疑惑，最终成为一个更好的人。如果他们真能把书读进去并深刻理解，养成沉稳的品行，终厚积而薄发，成为祖国的栋梁——这不正是我们的目的之所在吗？

我甚至已经预感到，那些山里的孩子在读书之后，已经学会了感知世界，学会了觉察自我，让心灵得到滋养，让才华得以生长，让生命力得以迸发！

而即便没有以上这些深理大义，仅是单纯的读书，也足够让人更有勇气面对这个世界。

阅读本身就是美好的。

10

『割姬』奉献了最用心的直播

“割姬”，这是一个吸引人的名词。相信很多人看到这个词之后，都会马上产生各种联想。割什么？为什么割？姬又是谁？姬是古代对美女的称呼，那么，她漂亮吗？总之这个词很惹眼、很前卫，也很不规范，带有强烈网络语言特征，会引起广泛好奇。

当然，这正是我们的目的。

不，准确地说，应该是六一（刘毅）和割姬孙依妮的目的。

时间已经进入了2017年的7月。按照进度表，梦想2017的活动也算是过去了一半。短短半年里，网友们捐书的数量与日俱增。尤其在我们公布了“6月毕业时间线”之后，书量达到了一个小高峰。六一的粉丝们贡献尤为突出。前面说过，六一也是一位拥有3万多粉丝的知名博主，他的粉丝和陈老师的粉丝一样，都是证券市场的“弄潮儿”。从“梦想2017”活动开始后，六一就号召粉丝们捐书，方式非常直接和“野蛮”，就是直接“认捐”，他沿袭了股市中的通用说法，称之为“割韭菜”，而且他还把各地负责捐书的粉丝成立了几个微信群。当然，他的粉丝们非常乐意当“韭菜”，也非常乐意被“割”。毕竟为孩子们捐书，这是一种多么甜蜜又多么高尚的被“割”呀。老实说，六一的“韭菜”们贡献真不小，是整个捐书行列中最庞大的队伍。于是，六一和妮子商议，为了答谢广大网友和他的“韭菜”们，不妨搞一场主题直播，同时也通过这种形式，为孩子们募集更多的书。

于是便有了“割唱2017”。

这是这场直播的名字。“割唱”，取“割”与“歌”的谐音，听上去是“歌唱”，看上去是“割唱”，实际上自然是为“割”：就是为被“割”的“韭菜”（捐书者）们而唱。创意还不错吧？既叫“割唱”，肯定要有人献唱，这就轮到我们的小领导人——妮子出场了。

妮子歌喉一般，但发音咬字很好，音乐感也非常好。她能把歌曲的旋律感表现出来，尤其是英文歌。一般人掌握不好的元音，包括词汇的连接与过度，音乐的律动和特点，她基本都能表现到位，处理娴熟。“割姬”非妮子莫属。况且，此时正是大家都恨不得使出浑身解数，来把活动做好的关键时刻。

2017年7月7日19:00，在几番预告下（贴了海报发了微博），“割姬”闪亮登场，“割唱2017”直播开始了。

这场直播是妮子主播，六一连线做场控。用的是“一直播”平台，直播时间是两个小时（原定一个小时）。

妮子的直播，一开始就人气高涨，不到10分钟人数就过万了。公司的美女设计秋云特意为她做了漂亮的海报。海报选用温柔的粉调，报头用洋红色的字体写着“割唱2017”。海报

“梦想 2017”办公室的“小领导”孙依妮，为了提高捐书的热度，认真策划了一场直播，效果不错。图为这场直播的海报。

的文字内容很精简。

海报的下面是一个用粉白叶子围成的“花心”，中间就是主角妮子的照片，还有一个漂亮的麦克风，让她非常成功地成为整个海报的“亮点”。

这是妮子第一次这么隆重地直播，或者说是第一次担任主播的直播。之前她都是陪同陈浩等大咖出镜，承担助理的角色，此时单独上阵难免有点手忙脚乱。因为要唱歌，她准备了很多专门唱歌的外接声卡，新买了唱歌用的麦克，需要各种A连B、B连C的操作，开始时是相当“混乱”。这期间不断有回音干扰以及串音，因为要通过QQ和六一连线，在收声和播放之前测试了很久，没想到一开始播还是有状况。主播看不到评论区的内容，所以要用手机看直播画面，而点歌要用iPad，没灯光就只能用另一个手机的手电筒照明，这使得演播现场有一种蓝幽幽的光，加上她那天穿了一件蓝纱连衣裙，整个调子居然显得有几分诡异…… 幸好有六一“控盘”，没事有事他都能嘚啵一大堆词儿，从容救场。他先是介绍了“梦想2017”活动的缘起，说到了陈老师和李副局长的谈话，后来又自己“发挥”说：山里面的学校条件有限，孩子们家里也没有电脑，学校的电脑也非常有限，就算有了电脑可能也没有网络，所以孩子们看世界的最好途径就是看书。本次捐书活动，就是和普洱教育部门协商后，根据那里的实际情况决定的。大山里的孩子信息相对闭塞，他们需要看到外面的世界，而现在我们给他们的各种课外书籍，会减少他们将来走出大山后的迷茫……他这个简短的开场白，不仅把这个活动的大意阐述清楚，而且一直在获得网友们的点赞，主角还没露面，场情已经火热。

妮子折腾了半天，好歹是把第一支歌《漂洋过海来看你》唱完了，发挥还算正常。之后进入了点歌环节，六一先点了一首《我要你》，妮子的状态也逐步稳定。这两首歌唱完之后，六一在直播间开始了第一轮“收割”：他宣布，在“一号收割群”已经获捐499.5元的善款，如果按先前他找到的最低折扣书计算——那书折后是3.1元一本，那么就是138本书到手了——这些钱都将购买图书，给孩子们寄过去。钱和书的细目，都会在“梦想2017”的官方网站上公示，让大家明晰。在这天的直播里，据说是建了四个群，分别是“一号收割群”“二号收割群”“三号收割群”“四号收割群”。六一对梦想的捐书活动可谓非常走心，当然也很有办法。比如他经常制造一些活泼而出位的话题，在群里讲讲如何拉黑别人，如何看待贾跃亭和乐视等，引起网友和群友们的兴趣与共鸣，从而开展书籍的募捐……反正他是有各种招儿，团结的人也多，在他的感召下，他的粉丝们能迅速融入公益氛围，他也是景东孩子们的一颗“福星”。只是非常遗憾，他未能随我们到景东去看一看。说话间，六一又宣布“二号收割群”已经募捐了1281元。群多，而且个人捐款也有，我看见他时不时把头低到镜头下面，那肯定是在看手机上网友们的反应，还得保持互动不是？忙成这样，他还不忘恭维女主播：

“孙老师歌声非常好听，如果是我唱，肯定一分钱也拉不着。”

第二轮歌唱环节开始。妮子准备接着唱《陪你度过漫长岁月》，还没张嘴，六一赶紧又插播了一条广告，一位叫作“peter”的网友捐了200元。

看来大家对割姬的演唱还比较认可。在她唱粤语歌《喜欢你》的时候，还有人送了大跑车（直播里的高等级礼物）。虽然妮子的粤语一般，但这首歌很受欢迎的。广东话的“喜欢你”，发音有点像普通话的“黑凤梨”，只听副歌一起，直播间里回响着她“黑凤梨”的歌声，那时候小礼物刷屏，屏幕上的评论窗目不暇接地火速向上滚动，好一派令人兴奋的景象。

接着，六一点了一首英文歌《Sky Fall》，这是一首有些难度的歌，但她毫无惧色，马上放起了前奏。英语歌是妮子的长项。《Sky Fall》的原唱是英国流行歌手阿黛尔·阿德金斯（Adele Adkins），这首歌是电影《007：大破天幕杀机》的主题曲。据说，在拍摄过程中，该片导演萨姆·门德斯找到了阿黛尔，请她为这部电影写歌。最初阿黛尔是回绝的，她说自己其实并不是他们要找的人，因为她的作品都是个人化的。然而萨姆·门德斯却认定片歌非她莫属，说任凭她写一首个人化的歌曲就可以了。这样，阿黛尔看了电影剧本后，竟深为影片中的人物感动，终于答应为其谱曲并演唱。她和制作人保罗·艾普沃斯共同创作了这首歌曲，并由蒙蒂·诺曼集合了詹姆斯·邦德主题的若干元素，编辑了完整的电影音乐，历时18个月完成了创作。此曲一出，便赢得好评无数，2013年阿黛尔还凭借这首歌获得了金球奖。妮子将这首歌演练得比较纯熟，叙述部分和发展部分都毫不费力，语言发音准确，表现轻松裕如。

在整个直播过程中，六一的几大“收割群”表现相当好，不仅给主播送花点赞，踊跃捐款，而且在评论区给孩子们留言的也不在少数。有的说，未来是你们的，希望你们从大山中走出来，将来有能力追上我们；有的说，好好学习，改变命运；还有的说，财富不代表一切，一定要努力学习。这个世界上没有什么是值得尊敬的，除了才华和人格……而这里满满的是对孩子们的期望和鼓励。遗憾的是，可能山区的孩子们没有几个能看到这场直播，他们那里网络有限，而直播的时间，也正是他们学习和休息的时候。但这场直播就在这里，就在2017年7月7日的新浪微博里。如果若干年后的某一天，他们想起此事，或许还可以在微博中搜索到这场《割唱2017》。那么，他们将看到六一、妮子年轻的样子，同时也将再一次见到那些给他们留言的可爱可亲的叔叔阿姨的名字："点点点""白龙""孔小五爷""天狼好基友""苦海苦学""持文""刘洪明"……

从2017年春季开始，景东各个学校的孩子们都知道了一个消息：经常有不定期的课外书从北京寄来，而收书的日子也是他们最快乐的日子。他们和老师一起，把一包包的书分类收纳，然后再找到自己喜欢的书——阅读，这是他们走向世界的窗口。

面前虽是现实，转身便成历史。

非常荣幸的是，妮子和六一在直播时还宣传了拙作《相思在马丘比丘》。并将这本书作为纪念品，颁发给幸运的捐款者。

这时候，妮子终于要唱《Lost Stars》了。原来，她答应了“水东明”和“江富贵”两位网友，因为这两位在公司的历次活动中都是特别支持者，所以她要特别把这首歌送给他们。

直播已经过半，妮子也渐入佳境。网友们对她更是赞赏有加。到此时为止，直播已经募集了6000多元善款，妮子获得打赏的金币共121620枚。当然这些都用来买书。

这场直播原定是一个小时，结果在六一的出色主持下，变成了两个多小时。他除了介绍2017活动在各个小伙伴群的执行和传播情况，其间还穿插了相亲环节（我们美丽的妮子还是单身）。直播中有个特别感人的小故事。六一手下的一位员工，名字叫庞建喆，网名叫帕瓦瓦。帕瓦瓦说，他持有的股票如果在某天能够向上，突破前高，他就捐助一万块钱。结果，那只股票在当天就突破了1个点，貌似涨了一分钱，帕瓦瓦真的履行了承诺，捐助了一万元，成为这天晚上直播的最大单笔捐赠者。

直播间里的演唱循序渐进又跌宕连绵：《漂洋过海来看你》

《我要你》《陪安东尼度过漫长岁月》《喜欢你》《Sky Fall》《Lost Stars》《尚好的青春》《相见不如怀念》《不要说话》《风中有朵雨做的云》《凉凉》《后会无期》…… 随着12支歌唱毕，"割唱2017"完美落幕。也由于六一的参与和话痨般的主持，整个"收割"活动成绩斐然：前后共筹集善款两万多元，总共换算成了8000多本书，圆满完成了预想的小目标。

这天直播完，六一非常负责任地发了一条微博，并配上了一幅九宫格的图片，显示了"收割"的成果。

> 公示：割唱2017@妮懒懒 演唱会共筹集11688.75元，@庞建喆 捐赠10000元。本次总共筹集21688.75元。约计8000册图书。
>
> 再次感谢所有的捐赠者，感谢您们的爱心和信任。61会尽快完成图书购买工作并公示。
>
> 愿天下所有的爱和爱心，都在期待的位置出现。

—— 这句话是六一的原创，在"梦想2017"活动中被反复使用。

11

克劳德和他的『韭菜』们

刘毅，相信大家对这个名字已经不陌生了。我对他的专有称呼是“六一”，我喜欢这个好记又带有青春朝气的名字，而大多数人包括他自己，都称他为“克劳德”，他的微博名字Cloud61的音译，意思是“云”。但六一给人的感觉不太像云，而是挺实在挺认真的一个人。参与“梦想2017”活动的时候，他的身份是河北东安投资集团股份有限公司的投资总监，但这并不妨碍他是梦想活动的彻头彻尾的支持者。从云南启动之时起，他就和这个活动发生了密切的关系。最让人感动的是，在这个活动中，他个人捐了近20000本书，如果算上他粉丝的捐书数量就更多了。无论是六一个人，还是他的“韭菜集团”，在整个活动中当之无愧获得了捐书最多的桂冠。

因为六一是陈老师的“铁粉”，所以我对他了解多一些。他是海河边长大的孩子，母校是天津南开中学。在天津，南开中学可是响当当的名牌学校。这个学校有一百多年的历史，建校时间可追溯到光绪二十四年（1898年），严修创办的“严氏家塾”，便是该中学的前身，严修也是南开的创始人。1904年，“严氏家塾”正式成为南开系列学校（现有一所大学、三所中学）的发源地。人们都知道，南开中学出过诸多大师名流，共和国的两任总理，周恩来和温家宝，都曾在南开中学就读。当然，能考上这所中学的也不是等闲之辈，六一就是

六一，大名刘毅。一个学业有成的标准"学霸"，又是一位兴趣广泛的"理工男"，当然也不能忽略他是一枚帅哥的事实。
这次"梦想 2017"活动，他也是发起人之一。这个公益活动的缘起，就是六一和几位天文爱好者相约到云南观星而"偶得"。

一个标准的学霸。2002年，他从南开毕业后，考取了东南大学的电气工程系，大学毕业之后又远赴英伦，在英国曼彻斯特大学一待五年，2011年学成回国。

然而六一又不是一个单纯的"理工男"，否则他也不会对公益事业有着这么多的想法和做法了。事实上他兴趣广泛，除了物理专业，他对天文、航天、历史甚至文学都有所涉猎，和任何不同类型的人，他都能找到一些共同的话题。他回国后，先是担任了河北东安精工股份有限公司的总工程师，三年后又担任了河北东安精工股份有限公司的投资总监。就这样，他跨进了投资界，并且碰到陈浩，才有了后面的许许多多故事。

陈老师是目前投资市场上坚定的技术派，而技术派尊重数据、科学分析、理性投资的工作风格，对天下所有的理工科男生具有天然的吸引力。他们是“同类项”。

随着与陈老师越走越近，他发现和陈老师有着很多共同关心的话题。除了投资，除了研究，还可以一起做些别的。这次云南的公益活动，就是他们几个天文学爱好者相约到云南观星而偶然“挖掘”出来的。

7月直播后，“梦想办”收书的速度直线上升。看来这次“割唱”还是有些效果的，但六一却有了新的想法，当然所有的想法都是为了争取更多的捐书。

2017年8月18日，六一又发了一条微博：

> “诈捐2017”活动第五期之“我给山区儿童写本书”。我们征集全国所有省份、自治区包括台湾的爱心韭菜，每个人为山区儿童写一段自己人生中重要的

感悟、鼓励，或者贴一张自己家乡的照片，自己工作单位的照片。让孩子们看看外面的事情，看看外面的人，看看外面的世界。

应该说，六一的这个创意非常好。一来可以继续扩大捐书的范围，二是给已经捐书的爱心人士一个表达自己感受的机会。只不过，写“一本书”的提法太大了，写“一句话”还可以，也适合捐书者表达。因为即便是以省为单位，写一本书也是不容易的。经和六一沟通，原来他的“一本书”就是一句话的意思，而且他也是想把网友们，包括他的粉丝以及“韭菜集团”的好多好朋友放到我现在写的这本书里——那些动人的话语和心情。

此举在“韭菜集团”里得到了积极响应。六一的“韭菜”们分布在全国各地，索性他就以地区为单位，一个地方找了一位代言人，当然是这次活动中的热心分子，代表大家向山里的孩子们寄语。居然收集了80多份，一定是有的人有话要说，所以超越了一个省一个的“名额限制”。而当你看完这些寄语的时候，你会觉得那些“超额”的话语是多么可贵，多么可爱！

现在，就请允许我将网友们的留言摘录于下，与所有的爱心人士共享。

在统计和记载这些留言的时候，按提交的时间顺序编了一个序号，可能不是绝对准确，但前后也差不了几小时，请略有出入的“韭菜们”见谅！关键是要保证每一位留言者的美好话语都得以展现，也让景东的同学们看到。如果在我的书里，他们和你们能在此有一个温馨的链接，那真是再好不过。

第一个留言是六一的。但我将他放在最后，作为本章的“压轴大戏”。不是因为别的，只是因为他的心情凝重，他的留言很长，他的经历太特殊也太令人感慨。相信大家看完以后，会同意我的这种安排。现在，让我们绕过第一，先来看第二个留言。

2. **来自宁波余姚，留言名是“善”：**

凡心所向，素履以往；生如逆旅，一苇以航。

3. **广东，“阿海”：**

广东最高峰的清晨，初升的太阳在云海中喷薄而出，我们静静地凝望这壮观的景象。凉爽的风掠过脸颊，昨晚暴风雨中的艰难像早已忘却。

愿年轻的小伙伴，带着你的梦想，向远方出发。不要惧怕路上的任何风雨！

4. **北京，“一孔”：**

一个人就像一支队伍，对着自己的头脑和心灵招兵买马，不气馁，有召唤，爱自由。

5. **广州，“水东流”：**

嘿，孩子们，我是阿溪。今天念书了吗？要好好读书哦，将来出去看看这个精彩的世界，可好玩了呢，有好多有趣的人好多的事。你看，图片里的大学是多么精彩和好看。答应我一定要做到好吗？

6. **黑龙江，“summer”：**

吹灭读书灯，一身都是月。月华多皎洁，恰似来路明。

7. **浙江，“大妈”：**

好好读书吧，读书能让你看得清许多东西，拥有独立意志和宽容的心态。

8. 香港，“南北溟”：

希望同学们认真学习，掌握更多科学知识（尤其是天文地理知识），长大后努力探索我们的地球和宇宙。欢迎大家以后来香港中文大学参观和学习。

9. 英国，“tony”：

海阔凭鱼跃，天高任鸟飞。

10. 苏州，“耶苏”：

在人海中，不迷失自己。找到自己的方向，哪怕逆着人潮行进。

11. 浙江丽水，“小子”：

走在路上，挫折是难免的，低潮是必然的，孤独与寂寞是如影随形的；总有被人误解的时候，总有寄人篱下的时候，总有遭人诽谤与暗算的时候。这些时候，要知道潮涨潮落、波谷波峰的道理，只要你能够耐心等待，受得了折磨，守得住底线，一切都会证明，生活不会抛弃你，命运不会舍弃你。

12. 广州，“墨鱼丸”：

我每天仰望的地方。

13. 浙江，“姜富贵”：

不积跬步，无以至千里。

14. 深圳，“刘宣求”：

孩子们，虽然我们没见过，但希望你们能多锻炼，多学习，保持身体健康，无论生活如何待你，都请保持好的心态，微笑面对，想要的生活终会到来！

15. 河南郑州，“爱心”：

希望小朋友们能够开心快乐地成长，同时也要好好学习天天向上哟！

16. 浙江，“王建设”：

两句仅供参考的话：1. 学会适应孤独；2. 不管什么时候都不要放弃学习。

17. 江苏，“黎安”：

我曾经有幸在台湾交流半年，在这半年里我收获了很多，却一直有一种过客的感觉。不过这种过客感会在我看到台湾的山与海时淡去很多，大概是山与海一直在那里，他们是沉默的，却能带给我慰藉。于是我发现，我的一生都将在追寻这种慰藉，这是我要走的路。

小朋友们，希望你们也能有机会出去走一走，然后找到自己的路。

18. 山东，“ADC”：

希望你在未来的道路中永不言弃。

19. 北京，“方某”：

一步一个脚印，我们终能翻过前方的山丘。

20. 新疆，“Dr”：

愿你今天的努力能在将来实现你孩提时的梦想。

热心捐书和留言的“韭菜集团”合集。收集和版面均有限，挂一漏万致歉先！

青春不落幕
不积跬步，无以至千里。
所有的东西都可以通过日积月累，水滴石穿来完成，世
界上没有什么事情是一蹴而就的，而一蹴而就的事情，
也就没有什么价值去做。

21. **河南信阳，“黄桃爸爸”：**

远方和未来像这大海一样宽阔和美好，加油，努力和勤奋会让你们变成点缀大海的彩云。

22. **南昌，“草莓”：**

坚持自己的理想，并且热爱，不忘初心，砥砺前行！

23. **香港，“Tianyang Xiao”：**

人生有太多风景，你无法知道未来的某一刻你会在哪里；

人生有太多可能，你无法知道未来的某一刻你在做什么。

所以不要局限自己，放开想象，并且定要拼尽全力，去探索自己的可能，去攀上高峰去看最好的风景。

24. **北京，“十一郎”：**

中国的科学家们，在离你们家乡700公里的大山里，用了二十年的时间，建造了这个望远镜。我们用它可以看到天空最远处的星星。之所以要建造它，是因为科学家们相信，“美丽的宇宙太空，正以它的神秘和绚丽，召唤我们踏过平庸，进入无垠的广袤”。等你们长大成人，差不多也需要二十年的时间。希望你们认真、专注地去学习文化知识，因为未来还有像宇宙一样广阔的空间等着你们去探索、去发现。

景东景屏镇灰窑村，只有一所小学。灰窑小学有11位教师和400多名学生。我们的家访就在这个村进行。虽然贫困，但灰窑是一个歌舞之乡，保留着其他地方早已消失的村级文艺队。所以这里无论小孩还是老人，都能歌善舞，过年过节的村文艺演出几乎成了一种民俗。图为在灰窑小学的菜园，几位学生正在给蔬菜浇水。

25. 四川，“小李同学”：

只有自己把路一步一步走实走稳了才能走得更远飞得更高，一切美好的事物只能靠自己去争取、创造。将来的你一定会感谢现在努力拼搏的你。

26. 青岛，“Kc.”：

是鱼儿，会拥有无边的大海；是雏鹰，会飞向广阔的蓝天；山里的小苗，会长成参天的大树。努力学习知识吧，你的未来也会无限广阔！

27. 广西，“奔驰”：

随着年龄的增长，我们会遇到以前从未遇到的问题，唯有保持阅读，保持学习，才能持续提高自己，才能消除知识的盲点。

28. 广西，"地瓜就是番薯"：

我们为什么要不断地探索未知的世界？因为保持我们的求知欲，我们才能向更远更广大的世界进发。

我们对自己的不满足，对自己的更高要求，都是为了探寻我们未曾了解的世界。

Stay hungry, stay foolish.

May all the love and care will be at the expected point.

29. 广州，"Kev"：

拨开云雾见光明。

30. 海口，"桃酱"：

关于这张照片：

店里开张，有人送老板娘一束月季，大家都觉得很漂亮，于是纷纷拍下来做留念，包括了我。

31. 杭州，"阿布"：

分享你的快乐，胜过独自拥有。

32. 四川，"sunny"：

亲爱的孩子们：因为有你们，这样的山村就孕育着希望。愿你们健康快乐，幸福成长！

33. 四川成都，"nada"：

2010年由于近视眼，军检不过关。未能参军是我此生最大的遗憾。

34. **山东，“Yu”：**

每天督促自己进步为的是每天能站在这里看到这样的风景。

人睡觉就是为了做梦，而睡醒了就是实现梦想的时候，不然，我们醒来的意义又何在。

35. **神秘的地方，“推老师”：**

如果在最该努力的年纪选择了庸碌无为，却借口平凡可贵，我敢保证将来你会非常后悔，却无法言说。

36. **福建，“kkk”：**

这是我家乡的海和灯塔。希望你们能在书籍里找到属于自己的灯塔，然后追随它的灯光，无所畏惧地去扬帆、去冒险、去看更远更美的世界。

37. **山西太原，“丁一”：**

人生很漫长，会遇到无数的人，看过各地的风景，也会经历很多的事，也许你们还小，还没有体会到年轻的美好，但我依然希望你们能够在今后人生的时光里乐观坚强。知识改变命运，没有比学习更公平的事，无论起点如何，坚持自己的梦想，一步一步地向上攀爬，总会比原来站得高看得远。

38. **长沙，“小雪球”：**

毕业季论文答辩顺利，看着远方的岳麓山整个人心情都好了起来。找工作、写论文让我在2017年的春天特别焦虑，好在一切都扛了过来。远方的朋友，相信你也会经历许多人生重要的时刻，也许有迷茫，也许有痛苦，但请一定要坚持，这样才有迎来希望的可能，如果结果不那么美好，也请给自己加油打气，满血复活，继续迎战大boss！

景东锦屏镇的西面是无量山主峰，东边是哀牢山系的打雁山脉，川河自北向南贯穿全镇，所以锦屏坝子是个四季温暖如春的好地方。这里有完整的原始森林有连绵不断的竹海，动植物资源也十分丰富。这里的孩子虽然衣服破旧，却可以在竹林里读书——城里的孩子是不是特别羡慕？

39. **江西南昌，“他”：**

这个世界有太多太多的人，你们会遇见；有太多太多的事，会经历。我们需要做的就是在有限的生命中，创造自己的价值，不断地挑战自己的极限，奋勇向前。当你们需要帮助的时候，我们将会站在你们身边。努力成为一个自信、强大、温柔、善良的人吧。加油！

40. **河南洛阳，“Wally”：**

朋友，你好！

生活中充满了惊喜和挑战，而且美好的事情每时每刻都在发生。

就像镜头对准小鹿，恰好小鹿也转头看向你。

朋友，请你在你的人生中照顾好自己，享受生命带来的惊喜和美好，也迎接机遇带来的挑战。

祝你拥有美丽的心灵和人生。

41. **北京，“本人”：**

孩子，我也知道你学习苦，所以我不要求你成为第一，只要你在该努力的年龄，不惜余力。

42. **扬州瘦西湖，“胡”：**

祝愿你用开心与快乐的微笑迎接每一个春暖花开的日子！

43. **湖北武汉，“Lily”：**

小学我读过什么书？一本娃娃书被翻得破烂，只记得这一本小人书了。生病在家除了吃药吃饭睡觉，就是翻这本书了。书名都记不准确了，就是一个落魄的男人跑到东来跑到西，“孔老二如丧家之犬”。长大以后才知道那是讲的至圣先师孔圣人的故事。既匮乏又荒谬。所以，特别希望现在的孩子，在求知欲最旺盛，好奇心最强烈的时候有书读，有很多书读。历史与现实，世界与人生，真善美都等待着你们去探索。

44. 神秘的地方，“继续”：

不要辜负十几年象牙塔的时光，它足能撑起你的梦想，让你的目标落地生花，人生充满无限可能和希望。

45. 南京，“Keze”：

希望你们能永远带着一颗好奇心探索世界，然后一定要非常努力地学习。最后祝你们平安健康，创造美好的未来。

46. 四川，“MeDeen”：

这是一所大学的照片，你认出来了吗?

这是我第一次走进大学，当时的心情现在我还记得：“措手不及”。走进大学我一下“呆住”了，我走到旁边车位边的花园台阶上，坐了一会儿，平复了一下心情。开始慢慢品味大学的味道，我没有上过大学，当时家里家境情况（不好），我和我哥只能有一个人上大学。其实都能上，我不想看着父亲下煤矿，不想母亲太累起早贪黑，还种10多亩地，如果我上，会压垮他们。这是我不愿意看到的，最后：我放弃了 。

2006年，我17岁，来到了苏州，开始了第一份工作，没想到这一干就是9年，这9年间，改善了家里的生活，父亲也没有再去煤矿，家里没有种这么多土地，哥哥从大学出来后，慢慢地条件开始好起来了，生活，开始好起来。

每到一个地方，我都会去当地大学看看，看什么？其实我也不知道，每当踏上大学的土地，心里的感觉总是心潮澎湃 。或许要的就是这种感觉吧。

慢慢地发现：只有读书才是致富最快的捷径。只要我们勤奋一些，想要的，都会有的。想过上自己想要的生活，还是要上学，我的能力也只能这样了，上不去了，知识限制，时间限制，曾经的巅峰时期，再也回不去了。岁月，总是会留下一些痕迹。是曾经，也是当下。

现在每当看到这张照片，我的心不由得像是打翻的五味瓶，酸甜苦辣咸，五味俱全，每一味都是那样意味深长，每一味都包含着我在苏州的美好回忆。

提示一下校训：养天地正气，法古今完人。这所大学的名字你猜对了吗？

如果你想知道没有上大学的我后悔吗？ 请关注我微博：MeDeen。

47. 福建，“良人呀”：

我们在攀登的路上以为所看到最高的地方便是最高点，但其实当你走到“最高点”的时候会发现那远远不够。愿所有人都能到达自己心目中的最高点。

48. 西雅图，“欣欣”

无论在哪里，一定要读书。

49. 福建，“锴”：

盛年不重来，一日难再晨。及时当勉励，岁月不待人。

50. 山东临沂，“peter”：

最幸福的就是做自己想做并且擅长的事，源自心底的力量总是无穷无尽！

51. 浙江绍兴，“傅佳俊”：

小朋友们你们好！希望你们能够好好学习，只有刻苦努力学习知识才能够改变命运。照片中是被誉为“天下第一奇石”的云骨，独特美丽的岩体，它不是一出生就这么特别，而是经历了数百乃至数千年的风霜雨雪，才变成“天下第一奇石”。人和石一样，经历了磨炼，忍受了艰苦才能鹤立鸡群。你们一定比大多数同龄人拥有更坚强的意志，请你们利用这个优点，通过学习书籍，让自己成为人才!!!

52. 浙江湖州，“姚姚切克闹”：

尽管学校条件有限，但孩子们的学习热情不减。这可能就是所有山区孩子的共性。他们知道上学不易，所以珍惜每一天的学习时光。图为锦屏小学的学生下课后，在户外写作业。

大千世界，浩瀚宇宙，美不胜收，不能完全观其壮丽，但有生之年能窥其一点，就欢喜一点。

53. 重庆，“llyvonne”：

如果你觉得自己正在绝境，抬起头向远方看看，这世上其实有好多路好多桥，请竭尽全力往前再走一点点。

54. 北京，“Mr Harvey”：

第一张照片是三年前入职新单位的路上照的，跟过去的生活做了了断，也不知以后的路该怎么走，天气跟当时的心情一样，阴云密布……可是现在证明了当时的选择有多正确，只要努力生活一定会给你阳光！第二张是前些日子照的。

55. 江苏江阴，“锦衣夜行”：

在最黑暗的时候，人们会看到星星。他们一直都在，只是你要记得抬起头，往上看……

56. 吉林，“宏欣”：

每一粒种子都有长成参天大树的梦想。从种子到参天大树的历程，注定漫长而又艰难。任何一粒种子的成长，都要踩着荆棘和顶着风霜。而它之所以能够穿越黑暗长成参天大树，是因为面对坚硬的泥土，始终不气馁，不放弃，有着磐石般的信仰。坚信自己一定能打破沉寂，破土而出，最终沐浴荣耀的光芒。

57. 福建厦门，“友军点”：

君子慎独。与君共勉。

58. 北京，“红红”：

如果你把学习当成一件有趣的事做，开始的时候或许你会觉得很累，可当你一次次踮起脚尖超越了自己，获得了更多的知识和突破之后，你会感觉越来越轻松，越来越快乐。

59. 太原，“易含”：

所谓千夫所指的困难，都是淘汰匹夫的。

60. 神秘的地方，“丁老师”：

从来没有一种坚持会被辜负。

61. 北京，“孙老师”：

孩子们，小时候要多读书，长大吵架的时候容易赢。

62. 河北，“小薛”：

为什么天是蓝色的，海也是蓝色的？为什么牛奶是方盒装的，可乐却是圆罐的？足球的最后一针又是怎么缝上去的？你是不是对这个世界也一样好奇，是不是心中也有很多为什么？那么请你保持你的好奇心，现在多读书，长大了去看看远方的世界，解开你心中的问号。

63. 广东，“蔡泽林”：

自信，努力，都会得到结果！

64. 广东东莞，“刘子雄”：

虽然我可能并没有比你们年长多少，但是有几个简单的道理我想和你们分享。1.知识真的很重要，我并不是说学习就可以让你们一夜暴富，过上无忧无虑的生活，那是不可能的，焦虑是每个人存在的表现方式之一。我也不能保证你们有了知识就能衣食无忧，但最起码，你有话题和别人谈论而不是一头雾水，你能思考人

景东的大朝山东镇，地处无量山西坡、澜沧江东岸，位于景东县西南部。相对而言，东镇小学的阅览室很大很明亮，学生们非常喜欢在此读书。

生的问题，你有一技之长……要知道，有文化总比文盲好，且不论知识会带给你很多机遇。2.要有学习的方法，善于积累、总结。眼睛看到的知识不等于你能全部吸收，内化于心。不要觉得累、麻烦，要知道所有你看到的人的风光都是这么一步一步走出来的。光看到别人的光环而忽视别人的努力是片面的，没有付出你就不会成功。3.即使你已经学有成就，在小范围内声名鹊起，但真的，人外有人。要保有谦虚态度，学到老活到老，这样你才能进而不退。希望你们都能珍惜每一个学习的机会，不只是课本上的，其他的技能都是。祝一切都好！

65. 上海，“微风”：

好奇心是打开世界之门的钥匙，探索精神是通向未知世界的桥梁。孩子，不管你学业多么繁忙，不管你有多少烦恼，请一定记住，永远保持对这个世界的好奇！

66. 天津，“五老师”：

永远成功的秘密，就是每天淘汰自己。用最少的悔恨面对过去，用最少的浪费面对现在，用最多的梦面对未来。

67. 北京，“陈老师”：

孩子，不要抱怨读书苦，那是你通向世界的路。人生其实就是一条河，开头河身狭窄，夹在两岸之间，河水奔腾咆哮，流过巨石，飞下悬崖。后来河面逐渐展宽，两岸离得越来越远，河水也流得更加平缓，最后流进大海，与海水浑然一体……

68. 北京，“蓝莲花”：

亲爱的孩子们你们好：这两张照片是我（飞行员）在9500米的高空拍下来的。我知道你们每个人心中也都有自己喜欢的且不一样的风景，因为不同的人站在不同的高度用不同的视角看到的风景都是独特的。我知道你们每个人都还想看到更多的风景，在看风景的路上肯定会遇到各种困难和艰辛，甚至想放弃，但是当你看到了想看的风景，你会觉得所有付出都是值得的。加油吧！孩子们！

69. 上海，“lcw”：

万般皆下品，唯有读书高。

70. 上海，“牛孩子他爸”：

人生无人完美，生命却可以时刻精彩。

71. 香港，“Tina”：

亲爱的孩子，愿你们都能在爱里成长，就像这沐浴在阳光里的茂盛的叶子一样，内心丰盛，无所畏惧，向着阳光的方向奔跑。

72. 神秘的地方，“郑敏”：

刻苦学习，努力钻研，学有所成，回报社会。

73. 广东，“湘”：

这是一棵我家楼下的木棉树。

南方城市总是花木繁茂，每年三四月间，红色的木棉与黄色的风铃木沿街盛开，似锦缎，似火焰。木棉厚重，形若酒盏，我曾因为等人驻足于木棉树下而被花朵砸中过好几次呢……

希望你们既能有向着远方和未来不断奔跑的志向，也能拥有时时留意欣赏身旁细微平常之美的能力。

74. 神秘的地方，“孙煦东”：

即使生活低到尘埃里，梦想也要举得高高的。

75. 浙江宁波，“bb五”：

抓紧生命中的每一分一秒，不要荒废任何一秒。

76. 天津，“高老师”：

天行健，君子以自强不息；地势坤，君子以厚德载物。

77. 神秘的地方，“柚子老师”：

三更灯火五更鸡，正是男儿读书时。黑发不知勤学早，白首方悔读书迟。

78. 陕西，“青山焉在”：

人生何处不青山。生活总是带给我们很多磨难，每当自己在倾尽全力地努力过后，仍无法完成自己的目标，那么也许我们可以换个角度看待自己的人生，可能在别的地方，别的位置上，也许会有属于你的无限风光在等你，认真地努力过后，会发现有更多的美好风光在等待被发现。

79. 北京，“Rick”：

每个人的努力都值得被尊重，不管以何种方式。

80. 杭州，“Autumn”：

愿每个人都能不忘初心，儿时的梦想最真实，最美好，最可贵。记住你们现在心里的想法，长大后你们会

看，中国在这里，我们的景东在这里。

发现，这才是人生中最美好的财富。

81. 神秘的地方，“涛声”：

穷则变，变则通，通则久，久则成。

82. 杭州，“敏俊黄”：

努力，向往世界的美好。

83. 杭州，“禹舒”：

这个世界很大，大到很多地方我们都不能到达。这个世界很小，家人就是世界的全部。

不论你将来在哪里，你都要努力，你想要的，要你自己给自己，把孤独难熬的日子过好。

84. 南京，“朱雁冰”：

我向旷野发问，然而人只能向自身去寻找答案。我们都有疑问，我们都有答案，我们都在寻找答案。人生只是一个有限的形式，但是我们可以做出无限的诠释。

或许我们不能选择世界，我们不能为自己作任何选择。只有骄傲的人才能感到痛苦，还有不愿透露的酸楚。今天如此，昨天如此，时光流逝多少载，从来都如此。也许我们的生活与世界的变迁无关，认为每日三餐才是唯一的需要。当我们在山间前顾后盼，渴望山外之物，新世界的光芒摇曳在心中，跃动在身边。要知道，想象力赋予了我们永不安宁，不使我们信服，不使我们满意。人永远不该退缩，沉湎于自己的过去。眼前悬崖峭壁，脚下黄沙弥漫，何不尽早启程？

做一个荒野上自由的播种人，沙漠中的泉水尽管苦涩，但无比甘美，希望你以后，能流出那种热泪。

……

整理完这些留言，我的心情久久不能平静。

八十几条留言，来自全国各地，哦，还有国外，都表达出了对孩子真切的爱。有的鼓励，有的引导，有的直接引用名言警句，有的还以自身的经历为蓝本，道出了朴素的人生道理。篇幅有短有长，有的言简意赅，寥寥数语，有的则认认真真写了几百字……不管怎样的角度，也不管内容有何不同，但有一点是非常统一的，那就是对山区孩子们表达出的大爱。

这些全都是来自普通人的心声，那么平常，那么自然，又那么伟大。我相信，将来孩子们看到这些留言，或者将来不管他们能不能看到这些留言，这一份淳朴而伟大的爱，已经长留在普洱的山河里。

现在，请允许我分享六一的感言。

严格地说，这不是写给山区孩子的感言，而是他写给当时尚未出生的女儿的一封信（现在他的女儿已经3岁了）。那个时候，他的腰椎出了问题，刚刚做完手术，还不能站起来。这封信，是他用了5个小时在电脑上完成的，其情也切切，其语也殷殷，一位准爸爸的心境感人至深。

此刻，他愿意把这封信公开，让山里的孩子们也看到。因为他觉得天下父母情都一样，父母都愿意为孩子付出一切，期望孩子能健康成长，能够快乐学习和生活。他也把景东那些未曾谋面的孩子们当成了自己的孩子，他觉得他对他们的感情与对自己的女儿一样，满含着同样的真挚，同样的深情，也同样对景东所有孩子们的未来给予了深深的期待。他觉得，他对女儿说的话，也正是他想对景东的孩子们说的话。

我也这么认为。

1. 天津，“Cloud61”：

在一个月内，我完成了两次外科手术。只为我能站着（或者躺着）在医院等着你的降临，我的女儿，刘曼曼。

他们都说女儿长得像爹，儿子像妈。然后我每次对着朋友的闺女说真像他爹时，小朋友的妈妈都会拿白眼睐我。没错，我们所有人都希望我们的闺女长得像她娘。

在过去几个月里，实际上我已经开始和你对话，每当你踢你妈妈用力过猛时，我也能感觉得到。我说：Alice，曼曼，不要踢你妈妈。你就不踢了。我们从不放高雅的音乐给你做胎教，因为我相信你妈妈在画画时的认真足以让你明白，艺术是灵魂的专注，并不是重复的播放。

你听，爸爸放了一首歌：

If rain makes Britain great，then Manchester is greater.

我相信我终归是无法实现自己当年的梦想，坦然地选择走进家庭，生下你，养活家庭，尽一切可能地让你们开心，在没有压力和困扰的生活中成长。我为你取这个名字并不是希望你沿着我的脚步，传承我在曼彻斯特未完成的梦想，不，并不是。我只想用你的名字来纪念你的父亲梦想开始的地方。

我希望你选择一条自己真正热爱的路走下去，开启属于你自己的梦想之路。我们这一代人都没有机会选择热爱的那一条路，甚至大多数人连自己热爱的是什么都

景东花山镇，真的是在群山中的一个小镇。云南著名的攀岩基地“营盘山”就在花山镇。花山镇有12个村子，都是不大的小山村。学校就更小了。图为卜兮村小学的孩子们在简陋的校门前合影。

毫无感知。

我希望你能有一天体会你爹地刷微博时看到陈浩老师发了条股票市场模型文章，但仔细一看归根结底是基于没有anti-windup的三阶阶跃时域响应的基本模型，那种发自内心的喜悦，那种仿佛见到一个久违的老朋友的怦怦的内心的跳动。我希望你不论是选择音乐绘画，还是经济会计、工程科学，或者电子竞技，或者做一个幻想家，都能对你爹地说：

“别人是为了生计，而我是热爱这一行。”

你爸爸活到三十多，一事无成。即便如此我仍乐观地继续前行，我有高出人群平均值的坚定的意志力——如

卢山完小的孩子们在阅读课外书。肯定看到了有意思的情节，孩子们都在笑着，把老师也吸引过来了。不过请注意，不是江西的那个“庐山”，而是景东花山镇的卢山村。

果我身上有什么值得去学习的东西的话。有太多人徘徊在原地，太多人不知前路，太多人没有勇气迈出走出阴影的一步。我们活在这个世界上，面对宇宙的广阔，和人类的微小，我们唯有不断前行，不断思考，才能增添生活的不同寻常的色彩，才能通过思想让我们变得伟大。

Kids，我并不盼望你们成龙成凤，在中国这片土地上，大家为奋斗付出太多，包括你父亲在内。我和我的同学们、我的朋友们为了各自的目标，有的舍弃和家人在一起的时间，有的舍弃健康，有的舍弃信义，有的每天在上班的路上消耗一天二十四小时的十分之一。孩子，我们并非情愿去这么做，而是我们这一代人别无选择。

刘毅的腰椎经过手术之后，终于好起来了。但他仍然不能算是一个完全没有“问题”的人，尽管他在正常的情况下是完全没有“问题”的。然而他美丽可爱的女儿已经 4 岁了，无论如何他已成功地成为一位英俊的父亲。

所以，我能给你们的是选择的权利，你要给我坚定的证据来证明你是真的热爱你所爱的事物。这不是一种交易，孩子，我希望我们付出的一切是你所想要的。

我曾失去过生活的乐趣，直到我认识你妈妈，你妈妈有点缺心眼看上了我，但这并不代表她没有智慧。她想弹琴我就买钢琴给她，她想画画我就买画笔给她，她想“双 11”我就发钱给她。虽然大部分东西都是闲置了，但从大量尝试中，我看到你妈妈画的山水，还真的有点梦想中的家园的意境呢。

景东是一个历史悠久的古城。不仅在远古时代就有人类生活，而且还有新石器时期的文化存留。景东有文庙和卫城两个云南省文物重点保护单位，有卷帙浩繁的《景东府志》等6部志书存史。图为老师向学生们讲解古老的彝文。

我想起我的父亲，他虽然现在像个退休老头一样每天跟着我的狗四处溜达，但他一直是我的世界里唯一的英雄，我继承了他的风趣和意志力，彪悍的做事风格和同情心。世界上所有的孩子都会从依赖父母到嫌弃父母，走入社会的磨炼场遍体鳞伤后并最终再次爱上自己的父母，可我却是很久之后才真正发现并

接受这一点。所以曼曼，我也不知道你啥时候才能知道爹的用心。不过没有关系，亲爱的曼曼，我会用一生去等待。

每个父母也并不指望你们多么理解父母，只要你开心就好。

我完成了第二次手术，昨天刚刚能下地，我希望尽快见到你们母女，看着你满地跑，我妈无尽唠叨，你妈躺着刷淘宝，而我一边看着你们做这一切，一边躺着看着股票打着《星际》高喊“en taro tassadar”！

直到我能重新站起来，像个真正

景东是彝族自治县，其传统的彝族刺绣早已经被国务院批准列入第二批国家级非物质文化遗产名录。

彝族刺绣不仅是彝族服饰中不可缺少的部分，也是彝族传统文化的一种体现，是彝族人民在历史长河中传承先辈文化的一种形式。景东教育部门非常重视民族文化的传承，组织学生们（尤其女生）学习刺绣已经像美术课一样普遍。

的父亲。

我爱你。

愿天下所有的爱和爱心，都在期待的位置出现。

来自两个手指打字从两点多打到七点多的爹地

Cloud61

2015.11.21

12

他们捧着一颗心来

他们捧着一颗心来

艺林格格

这几天一直和云南山区的老师们频繁通话，因为我们发起的为孩子们捐书的"梦想2017"活动已经临

这是我在微博上发布的头条文章的题目，时间是2017年12月5日。

因为临近年底，捐书活动貌似也该进入尾声了。但实际上，我们的任务还有缺口，还没有达到景东需要的“20万册”的需求。当然最主要的原因，还是景东县教育界有“档期”——他们要接受教育部对其中小学进行验收，所以课外书是否达标是一个不能忽略的“硬指标”。我曾经想把活动顺延的想法，看来是要调整了。

也正是因为这个时间上的要求，我无意

淇海完小的孩子们在做课间操。淇海村属于花山镇，村里都是土路，距离最近的车站也有 29 公里……但尽管是土地，小学校的操场却很平整。

中把困难向六一透露过。

“还差多少本啊？”六一这样问我。

“具体也没有说。云南那边有几位校长都表示过，说最近要进行验收了，学校的书还不太够，希望我们尽量多捐一些。我想，他们也不好意思说具体数

相对而言，淇海完小的图书室就有些“寒酸”了。两个书架树立在窗户旁，阅览的地方也仅仅是一张小桌，两把椅子。这也可以理解，因为学校很小，全校学生才一百多人。

目。但肯定是不够。”我这样回答六一。

我说的是实情。我其实一直关心着我们的书量，既然给学校捐书了，就应该让它们达标，让它们成为不缺课外书的学校。否则，惊动了全国这么多的网友，劳累了我们的狼帅和“梦想办”，也辛苦了六一和他的小伙伴们，结果却没有达到目的，甚至“只差一步到罗马”，是不是特别遗憾？

而当我和云南的老师们通话时，他们又特别朴实，因为他们接受馈赠已经很不好意思了，对于还需要多少本书，都是支支吾吾不肯说出口，只是含混地表示不太够呢，再多一些更好，实在没有了也不麻烦啦，等等。唉，这些淳朴的人们啊！

“行。余老师我懂了。”六一听完我的话，就简单地说了这么一句。

哪知道，他是如此“兵贵神速”，立即在微博和朋友圈发动他的粉丝们，开展了新一轮的“轰炸”，并和往常一样得到了热烈响应。不得不说六一的个人魅力很是了得。我以为，这个80后的小伙子，吸引大家的除了智商（IQ）、情商（EQ）之外，还有一个德商（MQ，即“Moral Intelligence Quotient”的缩写）。德商是完全正能量的品质，比如公平、尊重、容忍、宽容、诚实、负责、忠心、礼貌、幽默等各种美德，而为云南的孩子做公益，恰恰是体现德商的最好途径，也恰好体现了六一的“三商凝聚力”。所以，仅仅是“猥发矫”“割韭菜大股东”“全基聊”这三个群，仅用了一个小时，竟火速地捐出了10000本书。他自己又出面联系了一家出版集团，以超低价格买了10000本书。这样，在短短的一天时间内，他又解决了2万册图书的任务，这真是一个巨大的胜利。

我忍不住要将此事作为“头条文章”宣扬：

这几天一直和云南山区的老师们频繁通话，因为我们发起的为孩子们捐书的“梦想2017”活动已经临近尾声了。

这个活动的主要受捐地是云南省的景东县。这是个彝族自治县，全县有185座学校，孩子们的课外书非常稀缺，所以才催生了我们这个“任务”，同时也成了我们2017年的主要公益活动。方式就是依托网络的力量，为孩子们募集书籍。活动一开始就受到了热心公益的朋友们的关注，大批图书也不断寄到了“梦想2017办公室”。本来，我们还以为自己的速度够快的，然而离那里孩子们的实际需求还是有距离。我曾设想，如果“梦想”活动在2017年不能完成，或许就继续延续到2018年吧。但是，叫着“梦想2017”的题目，却在2018年做事，是不是感觉有点不大对劲？像喊着某种过时的口号似的。于是就有了和各方联系，看能不能在最后一个月把活动收官的想法。

这个想法立即得到了知名财经博主@Cloud61的鼎力支持。其实他也是这个活动的参与者之一。12月4日，他在自己的微博上发文：“响应@天狼50陈浩@艺林格格 陈老师和余老师的号召，‘猥发矫’‘割韭菜大股东’‘全基聊’三个群在一小时内共筹集10000册图书。愿天下所有的爱和爱心，都在期待的位置出现。感谢各位，真的非常感谢大家的支持。”事实上在此之前，他个人刚刚自费买了5000本书，而当时他的目标是一万册。他的微博一发，马上得到了网友们的响应，一万册，居然就在一个小时内迅达。还没来得及感叹他的速度，他不知怎么又神通广大地联系到一家大型出版集团，以低到难以想象的价格，说服人家再“贡献”一万册。我刚才看了书单，全是近两年的新书，也基本符合孩子们课外读物的要求，而且真的是不到一折的价格！估计人家也权当是为孩子们献爱心吧。如果谈妥，那么，仅两天刘毅（Cloud61的真名）就将以两万册书，为“梦想2017”活动画上完美的句号。两万册！这可是我们今年第一季度的工作量啊，他居然两天内就做到了。可爱的刘总！这是何等的能力、何等的爱心、何等的魅力！同样，那些慷慨举手的网友们，又是何等的热心、何等的情怀、何等的感人！

是的，2017年的最后一个月，我着实被感动了。

我忽而感到，这个寒冷的冬天似乎并不太冷，因为有这么多人，在捧着火热的心前行……

后来我问过六一：你是怎么想到去买低价书的？

他告诉了我这个事件的过程：

那天，他其实是到一个咖啡店去谈事情。进去之后，发现这个店装饰得很有格调，充满了书。墙壁上都是书架，一些小装饰物也都离不开书，各种各样的书，或者成排成队，或者零零散散，陈放在咖啡店的各个地方，使得这家店很有书卷气……六一觉得这种装饰很有想法，继而想知道这个成本会不会很高。他翻了翻书，都很不错，有经典作品，也有畅销书，印刷比较讲究，价格也挺高的。于是和老板攀谈了起来，

问他买这样多的书，会不会增加成本。结果老板跟他说，咖啡店的书是找一家出版集团团购的，因为买的多，所以能够拿到比较便宜的价格，其实并不贵。

“有这样的事?”六一闻听这个信息，自然是喜出望外。

“当然。前提是你要大批量地买，出版社就可以给你批发价。”咖啡店老板热心地说。

“我当然需要大批量地买，”六一知道捐书活动还是特别缺书的，他正苦于没有更多的搜书渠道，“一万本，算不算大批量?”

咖啡店老板说：“应该算吧？我这里还不到一万本呢，已经可以批了。”

“能不能把出版社的联系方式给我？因为我们现在正在做着一个为山里孩子捐书的公益活动……”于是六一把“梦想2017”的活动大致和人家讲了一下，人家当即对这个活动表示了支持，把为他供书的出版集团联系方式给了六一。

六一如获至宝，马上和人家联系，结果当天下午，一份书单就发到了我的电子邮箱里。原来出版社那边也相当利索，马上答应了一折给书，还提供了书单供六一选择。六一发来书单，是要让我看看选什么样的书给孩子，我一看，人家提供的都是近两年出版的新书，而且基本上都是适合青少年读的作品，科学、社会、文学、艺术等门类的读物都有，可见对方也是有的放矢的。于是我也马上选好了书籍，很快一万册就有了。

就这样，两天，两万册书，六一和网友们又创造了一个本次捐书史的纪录。

13

马上决定：去景东看望孩子们

转眼就到了2017年的年底。“梦想2017”的活动进展得非常顺利，甚至可以说大获成功。据景东方面反馈来的信息，活动所捐的图书已经基本达到了教育系统的要求。也就是说，曾经那么吓人的景东县课外书缺口，真的让我们填平了。得到这个消息，我们还有点不太相信呢：全县小学生课外书的缺口是20万册，难道真的已经基本填平了？这真是一个令人振奋的好消息。那么，我们为什么不去景东实地看一看呢？

好吧，说走就走！

记得非常清楚，那一天是2017年的12月21日。我和妮子从北京首都机场上了飞机，目的地是大理。

为什么是大理？因为普洱在修路，而且是断路修路。

在这次行程启动的时候，我和普洱市教育局的李卓娟副局长做了一次非常简短的沟通。也幸亏做了这次沟通，我们才没有走冤枉路。因为我们原先的计划是飞到普洱，然后由普洱到景东。但是李副局长告诉我们，普洱到景东在修一条高速路，原先的路都是山路，又窄又不好走，随着普洱的发展，修路是必需的。由于景东特殊的地理环境，修路是白天全天断路作业，车辆只能在晚上8点以后通行。她认为我们都在平原生活，在城市生活，对山路驾驶缺乏经验，但又必须是夜里开车，实在有诸多的潜在危险，所以建议我们直飞大理，然后从

普洱修路，离景东最方便的路就是大理了。大理白族自治州在云南省中部偏西，在西南边疆算是开发较早的地区，所以其交通比较发达。大理机场海拔2000多米，阳光非常灿烂。

大理去景东。

我们当然采纳了李副局长的建议。于是那天，在正午的阳光下，向着云贵高原上美丽的城市大理飞去。

我查了一下地图，大理、普洱和景东基本上是在一条直线上。景东在中间，大理在它的北边，普洱在它的南边，距离都差不多，准确说，大理到景东的距离是216公里。按说，这个距离不算远。我们的设想，是在中午到达大理，傍晚到达景东。我们的飞机在21日的13点，准时到达了大理机场，与刘毅派来的助手杨鹏胜利会师。杨鹏，我们都叫他鹏鹏，是刘毅手下的一员干将，一个清瘦能干的小伙子，特地从海南赶来，给我们当了此行的助理和司机。这是刘毅专门为我们安排的，因为鹏鹏经验丰富，有着十几年的驾龄和高超的驾驶技术，他提前在网上租好了一辆黑色的大众途观SUV，准时在大理机场等候着我们。

天气非常好。云南用她一贯的灿烂阳光陪伴着我们，不冷不热，时有微风，让我们在初冬的高原感觉十分惬意。我和妮子笃笃定定坐在车上，因为鹏鹏已提前查好了驾车路线，貌似车况也不错，我们都认为在傍晚抵达景东县没有问题。

事实上，没过多久，两侧渐渐出现的高山就用冷峻的面庞告诉我们：你们的想法太天真了。去往景东，是一路向南，大概也就40多公里的样子，车子就进了山。从大理到景东是不通高速公路的，刚开始还有国道可以走。当我们从G214国道下来，转入S22省道之后，就完全没有直路可走了：路变得像一条弯弯曲曲的蛇，好像刚刚从冬眠中醒来，扭动着身躯，要把一冬的僵硬甩掉。它在两山之间曲折又曲折，弯曲又弯曲，我们感觉在山里边左转右转，导航也开始不知所云。其实没有导航也可以，因为只有一条路，我们的两侧要么都是高山，

刚刚向景东前进的时候，导航非常准确而灵光。然而车越往前开，信号就变得越来越不稳定。这显然是在提醒我们：已经真正走进了大山的怀抱……

要么有一侧就是大河，几乎都没有走错路的机会。于是我们沿着唯一的弯路，一会儿左拐，一会儿右拐，晃晃悠悠地前进。速度不敢快，因为是双车道，对面来车虽然不太多，但在山路上是绝对不敢越道行驶的。

随着两边的山越来越高，天也越来越暗。我知道，我们已经进入了哀牢山的腹

景东至今没有通高速路。无论从昆明，还是从大理到景东，一律只有国道或省道。有的地方，甚至连像样的公路都没有，就是土路。一到雨季，就成了真正的“水泥路”，每天上演现代版的“行路难”。看来，交通的不便也是其发展较慢的原因之一。

地。或者说，我们的一侧是哀牢山，另一侧是无量山。云南温度湿度都适宜，所以植被非常茂盛，用山高林密来形容一点都不夸张。有的地方简直就是遮天蔽日。这种感觉，让人觉得天黑得好快。我看了一下时间，哎呀，也确实不早了，此刻已经是晚上6点多了，而我们的目的地还没有到。

有两拨人一直在关心着我们。

一是景东县教育局的李馨香老师，以及景东县政府教育督导室专职副主任李顺堂。他们从我们一下飞机，就开始询问我们怎么过来。我们说自己开车，他们的电话就一两个小时拨一次，如影随形地跟着我们的行程，不断告诉我们需要注意的事情，还有多远等，透出浓浓的关切之情。等到了吃晚饭的时间，李馨香的电话又打过来，说不要着急，李副主任已经安排了晚饭，会等我们一起吃晚饭。我很不好意思，因为显然已经快过饭口了，我让馨香先吃，不要等我们了。但她在电话那端肯定地说："不行的，余老师，一定要等你们。你们那么辛苦，跑了这么远过来，我们等这一会儿有什么呢？你们不要着急，慢慢开，我知道路不好走，你们注意安全……"她声音清亮，说着典型的云南普通话，温和又恳切，让我也不知道说什么好了。

二是北京的陈老师。他在办公室，也是从我们一下飞机就开始发着微信，询问我们到哪里了，关心我们是否能安全到达。陈老师非常赞同我们到景东回访，如果他不是工作繁忙，估计这次也会跟我们一起过来的，因为他比任何人都关心这里的孩子，关心这个活动的效果。现在他只好是"身不能在，心向往之"了。他知道路不好走，但也没有想到200多公里，车都开了5个多小时还没有到达。此刻他正和我们联络，时间是

18点40分。我让妮子拍了一段视频。妮子很聪明，她用了快速摄影。在她的镜头中，弯弯曲曲的路和两边的山都快速向后闪动着，真的体现出了山路逶迤的特点。随后，我借用妮子的这条视频，发了一个微博：

为了考察梦想2017活动的效果，我们的小分队正在云南无量山里穿行。现在还没有到达目的地景东彝族自治县。离目的地还有30公里…… 我忽然很佩服我们的快递，十万册书啊，他们就是这样穿山越岭送到孩子手中的。

陈老师当即转发了这条微博。我知道他一直没有下班，就在办公室等着我们的消息呢，他不放心呀！

而我在微博里说的也是真心感受。原先我们还为没有快递和我们合作，有点愤愤不平呢，今天实地走了一趟这里的山路，才知道能开展邮寄业务，也真的需要有些实力。从大理到景东，已经是当下最好走的路，还这么难走这么崎岖，如果从普洱走，那会更加艰难，况且现在也走不了。从昆明过来，估计也好不到哪里去。这里真可以用得上那句话：事非经过不知难…… 但是，路不通，电信信号居然还可以。我还担心微博发不出去，让我们和外界断了联系呢。看来还是电信建设的脚

文岗完小的图书室。虽然连个坐的地方都没有，但一点也不影响孩子们看书的热情，他们就靠在书架上津津有味地读书。

步快了一些。

到达景东县，已经快晚上8点了。我们从大理出发，一路经过了祥云县、弥渡县、巍山彝族回族自治县、南涧彝族自治县，终于踏上了景东彝族自治县的土地。从黑幽幽的山里开出来，又看到了城市的灯光（尽管是县城），终于松了一口气。真的没有想到，区区200多公里的路程，竟然走了7个多小时。

我们从阳光灿烂的时候开始开车，到了景东，已经是万家灯火。如果不是亲身经历，简直是不能相信的。

在一个不大的饭店里，终于见到了李馨香和李副主任，两人都特别热情，而且对于我们开了这么久才到达，好像一点都不意外。大山里的人们啊，看来对于交通不畅已经习惯了。我们则特别不好意思，人家一直在饿着肚子等我们一起吃晚饭——真是一

我们从哀牢山和无量山的山间穿过。山下还有时宽时窄、蜿蜒向前的川河，开车是一点都不敢大意。眼见着太阳西下，暮色四起，山里面傍晚的天光很漂亮，但很短。

顿"晚"饭，干脆直接叫宵夜吧。

李副主任中等个头，精干帅气，他一边利落地帮我们把行李卸下车，一边快人快语：

"辛苦了，辛苦了，这么远过来!"

"这是应该的嘛！我说让你们不要等我们吃饭，李老师还不同意。"我回答着李副主任，温和的云南姑娘李馨香，趁机笑眯眯把我的包包接了过去。

"李老师的意见，我们大家都要听的。你别看她这么年轻，她也是当过小学校长的，我们在她面前都要乖乖的。"李顺堂风趣地说。

"是吧？要不给我们上课好吗?"我还真没想到，年纪轻轻的馨香还有着如此阅历，等后来接触多了，才发现这个姑娘不简单。后来我们还到她的家里做客，见到了她可爱的女儿，体会了他们淳朴温馨的生活。我也由此感受到，生活在这高原之上、大山深处的人们都不简单。

"我们景东是国家级贫困县，也没什么好吃的，让北京来的尊贵客人受委屈啦!"李副主任半开玩笑地谦让着，把我们领进餐厅。

餐厅比较简朴，菜也不多，但味道很好，很天然的感觉。或许是真的饿了，这一餐吃得很香。

14

在安定镇中心完小

12月22日，一大早李副主任和馨香就赶过来，要陪我们考察第一个学校：景东县安定镇中心完小。

安定镇是景东的大镇，也是受捐书籍最多的乡镇，因为它的学校多，学生多，所以图书也就需要得多了。要去看我们的图书了，心里还是有些小小的激动。虽然是冬

安定镇完小的主楼还是很不错的。这是我们在学生座谈会后的合影。参加座谈的杨虹荔、苏慧洁、杨帆、李金晶、张宇明和李副主任、张校长、馨香、谢芝兰，以及妮子、鹏鹏和我都在里面了。可惜当时有些背光，人照得不太清楚。

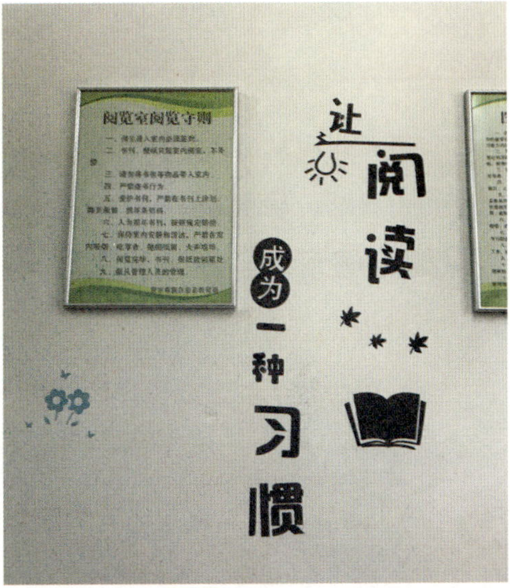

景东的学校条件不一，有的尚好，有的十分简陋。但有一条是一致的，就是学校里学习的氛围营造得很好。老师们利用每一个空间，给孩子们带来正确的思想与观念。

天，但这里的气候并不太冷，也不干燥——这么多的树木，把安定镇装点得像个绿色的王国一样，我甚至感觉在这里呼吸的每一口空气都是新鲜的，仿佛有淡淡的甜香。

安定镇是一座历史悠久的小镇。从县里到安定镇小学，大概有20公里的路程。虽然也是山路，但没有堵车。李副主任告诉我们，因为景东现在到处都在修路，有时候遇到因为施工而造成的“断路”也是很正常的。在后来两天的家访中，我们还真的遭遇到“断路”施工。因为这里的山路通常比较窄，只要有一台机器在作业，前后的车就都趴在那里等着了。这里的司机们也不着急，不像城市里的车总是急着赶路。山里的施工也没有大型的队伍，通常就是一个人一台车在那里干活，或是挖树，或是推土。全靠师傅自行掌握节奏，一般一个多小时以后，施工车会找个地方靠边，让别的车走上一阵。山里的路，就是这样断断续续地修出来的。

安定镇中心完小，据说是安定最好的学校了，也是这一次接受图书最多的学校，所以是一定要去的。这个小学所缺的12280册图书，现在已经全部补齐。在北京的时候我们就曾和校长通话，他特别欢迎我们来看看。

远远地，就看见一位穿深色衣服的中年男子站在学校门口。这座学校有着高大的校门，门上还有黄色琉璃瓦做的飞檐，果然有不一样的气派。李副主任介绍，等我们的就是安定镇中心完小的张洪校长，我们赶紧上前寒暄。张校长带着我们走进校门，一条不长的路通向教学区，看得出，学校的基础设施很不错。忽然，一群穿着民族服装的小朋友从教学楼里跑出来，好像有什么重大活动似的。男孩都穿着白色的上衣，大红色的绸子裤，黑色对襟盘扣小坎儿，头上还包着黑色的带红边

安定镇中心完小的山墙上写着：民族的就是最美的，民族的才是世界的。安定的彝族把自己称作“安定把”，其民族文化有着独特的色彩和传承。抓民族文化教育这一块，也是学校的重点。学校几乎每天都有彝族特色的艺术活动。这是孩子们在上彝族传统舞蹈课。

的头帕，手里都拿着小芦笙。女孩子就更漂亮了，有穿着一身鲜绿色、裤腿拼着金黄色块的民族服装的，也有穿着彝族服装改良的红色超短裙的。穿绿衣的女孩子背着同色的小挎包，穿红裙的女孩子头上还有漂亮的装饰。她们的一个共同点，就是脖子上都挎着小小的三弦琴。他们热热闹闹地从楼道拥向操场，大概有几十个孩子，让人顿觉眼前一片姹紫嫣红。我赶紧问李副主任，原来这是孩子们去上舞蹈课。

吹着芦笙，边走边跳，这是彝族歌舞的特点。孩子们都能轻松掌握。

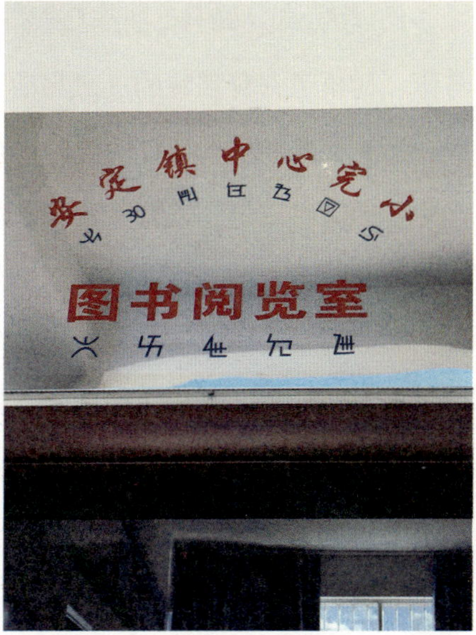

安定镇中心完小图书阅览室的招牌。用汉语和彝语双语书写。彝文是一种原生的古老文字，据说有6000多年的历史，产生于新石器时代到铁器时代之间。彝语并不借用和模仿汉字，大多是独体的表意文字，有一万多字，现在通用的有1800多字。

是了，因为景东多彝族，安定镇也是彝族人民聚居的地方，学校有彝族传统舞蹈课是必须的。安定彝族把自己称作“安定把”，有着独特的文化色彩和传承，抓民族文化教育这一块，肯定也是学校的重点。据说，安定的小学校里，几乎每天都有彝族特色的艺术活动。我一抬头，看见了学校山墙上书写的大字：民族的就是最美的，民族的才是世界的。这样的标语下，映照着鲜艳夺目的彝族小学生的身影，显出了一种独特的气息和活力。

大致参观了一下学校的各种特色教室，比如音乐教室、舞蹈教室、荣誉室等，之后张洪校长就带着我们上了三楼，去参观图书阅览室，他知道这是我们最想去看的地方。

上楼往右一拐，一个大牌子赫然在目：安定镇中心完小图书阅览室。而且是双语的，汉语和彝文。

尽管之前我们就被告知学校的图书管理得很好，但在进门的一刹那，还是感到眼前一亮：在大约50平方米的房间里，一排排灰色的铁质书架，整整齐齐地矗立着。每个架子的侧面，都贴着一个红色的圆形贴纸，中间一个大大的英文字母，上面有两个黄色的汉字。比如“艺术 J”，这标明了书的分类和书架的顺序。每一本书的书脊上，都贴好了编号的标签，看上去非常整齐，一目了然。一个小学校的图书馆，尤其是贫困山区的小学图书馆能够这个样子，真的很不容易。

这都是全国网友们捐来的书啊！它们经过了千山万水，色彩缤纷又安安静静地集结在这里，干净、整齐，似乎是一队队等待检阅的士兵。

这是经过多少双充满爱意的手，才传递到这深山里的啊。随意翻开一本，似乎都承载着深情厚谊，如有春风拂面。

站在明亮的阅览室里，看着沐浴在阳光中的一本本可爱的书籍，我感到它们就像一个个美丽的小天使，正在张开爱的翅膀，飞到每一个孩子的心里。

阅览室的墙上有一个大大的镜框，里面有两项内容。一个是“安定中心完小图书阅览室管理制度”，另一个是少年宫阅览组辅导教师罗秀海的海报。海报上面有她的照片、电话、口号、理念和寄语。显然这是一位带领孩子们读书

安定镇中心完小的音乐室。

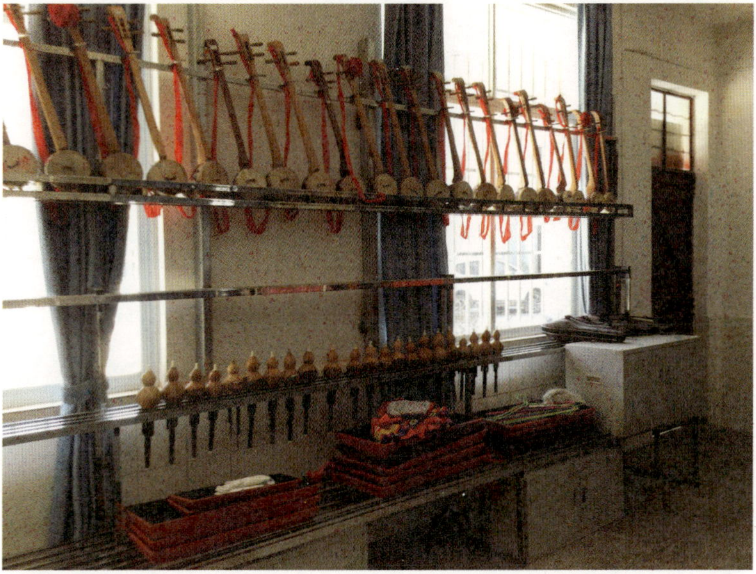

的辅导员。她的口号也特别能鼓舞人：发奋识遍天下字，立志读尽人间书。下面还有阅览组孩子们的集体照，大约有30人，他们是每个班的代表，熟知与书有关的每一个细节，比如借书、还书等。如果书被借阅，那么借书人的姓名、班级、时间都要在电脑里登记；还书则会注销，这本书

景东彝族自治县大约有18万彝族人，占总人口的42.9%，是云南省6个单一彝族自治县之一。每逢彝族节日，彝家孩子都会穿起民族服装来上学。

就又会回到书架上。学校的每一本书都已经录入了电脑，借阅、管理都电子化了。

安定镇中心完小的图书管理员谢芝兰，特别仔细地向我们介绍了图书管理情况，并说：“我们是完全仿效大图书馆的管理办法。”他们对这些书真是认真对待，爱护有加。

张校长感动地对我们说：“你们的书都是好书。都是新近出的新书，这边的孩子们都没有看到过这样漂亮的书，他们特别喜欢。”

我忽然想起“梦想办”的几个女孩。所有寄来的书，都是她们一本本选出来的。将近一年的时间，她们每天不厌其烦地把一个个箱子打开，把不干净的和破损的书挑出来，以保证给孩子们的书都漂漂亮亮地寄出 …… 现在看来，她们的辛苦没有白费！

我和妮子，还有鹏鹏，都放慢脚步，认真地巡视着每一本书。这些书都是我们寄的，现在看到，就像见到老朋友一样，充满感情。老师们也随我们在一个个书架的间隔中徜徉，说着很多让我们感动的话。

李主任说：山里的孩子们生活不容易啊，这些书能让他们知道外面的世界。他们通过看书，才能让思想飞出大山，才能有动力好好学习，去创造更好的生活 ……

李馨香说：其实这里的孩子们都很聪明，也很有才华，但是就是没法和城里的孩子比。你想大城市的孩子吃的什么，玩的什么？见的世面也不一样的。这真是有点不公平。但是没有办法。幸亏有你们捐来的书，给他们打开了一扇窗户，让他们能够尽早地开阔眼界，要谢谢你们，谢谢那些好心人……

我说：哎呀，别客气啊。其实有些就是举手之劳啦。比如有的网友正好有小孩子读完的书，孩子也不看了，留在家里也没人看了，正好就顺手捐给我们了。

其实我心里的感受也比较复杂。这里的孩子们和大城市的孩子们，有什么区别吗？应该说没有。他们都是同样天真，同样可爱，同样聪明伶俐，同样爱玩儿爱闹……但我也分明看到了明显的区别。他们的脸黑黑的，这是高原的阳光所赐；他们的衣服也旧旧的，没有城里童装的鲜亮，这是贫困的生活造成的；他们的眼神有些直，说话的神态也怯怯的，不像城里的孩子那么大方活泼，这是因为他们没有出过大山，没有见到过丰富多彩的世界，是这里的环境限制了他们……有人说过一句比较残酷的话："有些人一生追求的东西，却是别人生来就具有的。"这话如果细琢磨一下，令人唏嘘。因为人的命运看起来确实是不平等的。不同的时间和空间，不同的环境和生活，决定了人生中很多无法掌握和改变的东西。就像山里的孩

景东县安定镇中心完小的图书室。书架井然有序，书籍分类清楚。受捐的一万多册图书，都贴好了标签，在这里受到了隆重的对待和最好的管理。而且，据图书管理员谢芝兰说，学校的每一本书都已经录入了电脑，借阅、管理都完全电子化了。

子和城里的孩子，就像穷人的孩子和富家子弟，他们明显的差异，会让人感到命运弄人，天有不公。我们现在唯一想让孩子们明白的就是：命运可以改变。一切都可以通过后天的努力而改变。人生的价值就是为着理想而奋斗，要看自己努力了多少而不是得到了多少，有追求的人生才是有价值的人生。人的命运是不一样的，但人的喜怒哀乐、人的幸福感是一样的，只要有了积极乐观的人生态度，又怎会没有一个幸福的生活呢？

这可能就是我们捐书的目的。这可能也是所有参与这场公益活动的人的目的。

这时候校长说：你们捐的书，新书非常多啊，百分之八九十都是新书。有的都没有打开包装，一看就是新买的书，真是让大家很感动的。

这时候鹏鹏插了一句话：也有年轻人，还没有孩子的，是直接买书来捐的。

啊，对！他这么一说，我反应过来，六一的“韭菜集团”大部分都是年轻人，肯定有很多这种情况。而且我从出版社募捐的以及六一的“团购”书，也肯定都是新书。这样一想，新书的比例确实应该不在少数。

我们就这样在书海转着，聊着，想着，内心无比充盈。

忽然，操场上传来音乐声。李主任说：“学生的舞蹈课开始了，要不要去看看？”

当然！

我们几个都赶紧下楼来到了操场。

刚才那些衣着鲜艳的孩子们，已经围成了一个大大的圆圈，男孩们吹着芦笙，女孩弹着三弦琴，正在边跳边唱。音乐比较简单，但也有变化，孩子们的步伐也随之变化，忽而抬腿，忽而跺脚，忽而转身，非常好听好看。彝族的舞蹈，从来都是载歌载舞、边唱（边吹）边跳，我跟着跳了几下，居然没有学会，掌握不了他们转身和跺脚的规律，有些跟不上节奏。他们的步子看似简单，估计要跳好也得练练呢。

张校长看我跳了半天也不明所以，就从队伍中叫出了三个男孩，请他们来演奏一下。三个小男生都是四五年级的样子。他们每人拿着一把芦笙，很认真地排成一排，站在我们和老师们面前。这回只是纯演奏，能看出来他们对乐曲非常熟练，指法和气口都很一致，吹得也抑扬顿挫，很有点专业意识。中间的男孩带头，像个小小指挥似的，带着他俩吹了几支曲子。三个男孩的脸都红红的，不知道是阳光晒的，还是吹奏用力使然。我有点心疼他们，听了几支，应该让他们歇歇，于是问男孩子们：

“你们吹的这叫什么歌啊？”

“直歌。”最左边的一位男孩口齿清楚地说。

“还有呢？我看你吹了好几支呢。”

“还有翻歌，三跺脚。”

“这些歌你们最喜欢哪支呢？”

“我们都喜欢。”三个男生异口同声地说。“我喜欢三跺脚。”中间的男孩补充了一句。

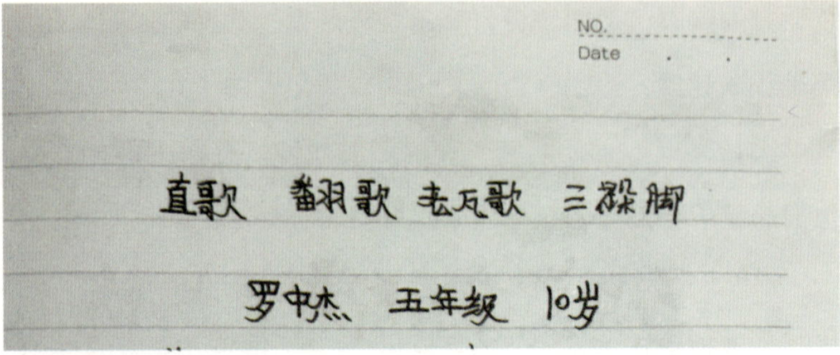

“你叫什么名字?”我问最左边那位个子最高的清秀男生。

给我跳舞的小男生的亲笔签字。上面是他们吹奏的歌曲的名字。

“我叫罗中杰。”

“能给我写下来吗?”我怕搞不清他的名字是哪几个字，掏出了笔记本和笔。

“好的，可以。”男孩很大方地接过来，蹲下身，把本子搁在自己的膝盖上，规规矩矩地写下了自己的名字，还写下了年级和年纪。

哦，他是五年级的，看他个子高高的，我还以为他六年级了。

“你演奏的歌曲也写一下?”我也蹲下看着他写字，觉得这孩子的字还真不错。他点点头，又一笔一画地写下了他们刚才吹奏的歌曲的名字："直歌""翻歌""老瓦歌""三跺脚"。

"你们都是彝族吗？"

男孩子们点点头，互相看看，有些拘谨又有些自豪地笑着。

这一点让我们感觉很欣慰。

彝族的音乐和民歌，不仅有着久远的历史，而且是劳动人民在生产和生活中创作产生的，包括他们跳的舞蹈，一直都以口耳相传的形式流传下来。彝族民歌内容丰富、结构朴素、旋律优美、感情真挚，就算是在信息化发展的今天，其民歌也依然保持着最原始的形态和特点。罗中杰喜欢的"打歌""三跺脚"等，节奏鲜明、音调明快，各具特色，在彝族音乐中应该算是著名的作品。

彝族是一个能歌善舞的民族，音乐文化已经沉淀在他们的生命里，变成他们生活的一种真实写照。对于这些孩子来说，彝族音乐文化在他们出生的时候就已经存在了，但仍需要不断地传承，不断地创新和变化，所以需要他们学习。在当地，这也是每一个彝族人在平常生活中能够掌握和学习的。孩子们在学校里学习自己民族的文化，形式还这么好看，这么隆重，这对于彝族音乐文化的传承是非常有效的。

后来我查了那个著名的"三跺脚"，原来是源于三国的故

“梦想 2017”活动，让原来没有课外书的孩子们有了充足的书源，也让他们更加喜爱读书。

事。相传三国时，刘备的军师徐庶出谋划策，使得曹操大败。曹操欲得徐庶，整日愁思。一谋士献计说：“徐庶只有一老母在堂，徐庶是孝子，只要将其母请来权作人质，令其母写信召徐庶来归，庶不得不归。”然而徐母拒绝了曹的要求。谋士又献策说：“徐母写得一手‘梅花篆字’，只需仿她的字体写信给徐庶，说其母病危，不怕徐庶不归。”这一招果然奏效，徐庶见信，辞刘而归曹。刘备依依不舍，送了十里又十里。当徐庶远去的身影被树木遮没了，刘备便命令士兵将树砍开，齐声喊着跳着送别军师，而曹操那边也令士兵喊着跳着欢迎徐庶来归。而这个曹刘两家一迎一送的动人场面，就编进了彝族的歌舞，继而演化为今天的“三跺脚”。

“三跺脚”通常在晚上举行。先在场中安置一张桌子，放上烟酒，并烧起火笼，让专门请来的本村弦匠居中伴奏，人们围成圆圈，按一定的动作跺脚转圈。若是节日，彝族人会自然集中到村寨中比较宽阔的地方，用大伙自愿凑来的柴火在场中架起火笼，一边分享烟酒食物，一边围着火笼起舞。据说跳得最热闹时，常常几宿相接，通宵达旦。不同地方会有不同的乐器伴奏，有的用葫芦笙，有的用小三弦，也有的用哔芦、唢呐、响篾等民间乐器。罗中杰他们吹的就是葫芦笙，女孩子们用小三弦，所以这时候也可以叫作“跳芦笙”或“跳三弦”。我们看的孩子们的“三跺脚”，是一种学习和练习，只是吹奏着曲式，而在真正的村寨活动中，会有“歌头”领唱主词，众人跟唱衬词。主词一般是即兴创作，会把社会新鲜事唱进去，七言四句，每曲结尾都有反复歌唱的衬词“阿叔争瞧哎，徐庶走尼遥哎”。这个固定不变的衬词，或许依稀能分辨出源自三国的影子。

让少数民族的孩子喜欢自己的文化，并使之传递下去——景东县各个中小学校的这一做法，功莫大焉。

15

一次令人难忘的座谈会

我们在安定镇完小“考察”的时候，还开过一个小型座谈会。可能因为从北京来的人太少了，孩子们和家长们，包括老师们都觉得新鲜和难得。而且，此前学校中是没有这么多课外书的，猛一下来了这么多好书，确实让孩子们很开心。现在听老师说捐书的人来到学校了，还是从首都北京来的，孩子们自然又高兴又好奇。我们当然也想和孩子们聊聊。于是，老师选择了几位代表，还有几位学生的家长，加上李主任、张校长、李馨香和谢芝兰，大概十几个人，在楼下的一间小会客厅里，开了个小小的座谈会。

首先给大家看一下“签到簿”（手机号码，就为他们保密了）：

杨虹荔 六（1）班 12岁

苏慧洁 五（2）班 11岁

杨　帆 五（3）班 10岁

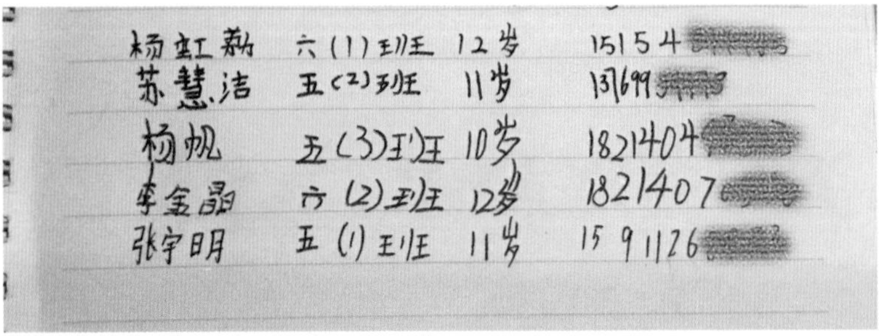

亲近自然，熟悉大自然的气息，热爱劳动，动手的能力很强——这是山里的孩子与城里的孩子最大的区别。

李金晶 六（2）班 12岁

张宇明 五（1）班 11岁

签到的这五个小学生，只有最后一位是男生，其余四位都是女生。他们是被老师挑选来参会的，肯定是学生当中的佼佼者。

此刻，他们都坐在自己搬进来的椅子上，因为平常这间屋子里只有半圈沙发和一个茶几，显然只是个会客室。也可能是刚下课的原因，他们的小脸儿都红扑扑的，神情兴奋。

杨虹荔是一个瘦瘦的小女孩，要说她已经12岁了，我还真有些不信，身材太单薄了。李主任向她介绍说，这几位老师是专门从北京赶来的，就是他们给你们捐的书。我问她，我们的书你看了吗？她声音小小地回答，看了。看的什么？她回答说看的《老人与海》，还有一本什么我没有听清。我又问，《老人与海》，那可是世界名著呀，看得懂吗？她轻轻地说，看得不太懂 …… 然后欲言又止，好像在组织自己的语言。这时候张校长插话道，孩子们连海都没有见过呢，她们不知道海是什么样，所以会选感觉新鲜的书看。我忽然明白，杨虹荔选择看《老人与海》，可能不是为了了解这部世界著名的小说，而是“海”这个字引起了她的遐想。

于是我又问她：“你马上毕业了，还准备读中学吗？打算上哪一个中学？”

这回杨虹荔的声调很坚决了，她说：“我要上学的，我想考银生中学 …… ”

李主任在一边接话道：“她说她想报考银生中学，但不知道自己能不能考上。银生是我们景东打造的最好的一所中学，师资力量非常强。考上这所学校是很多学生的理想。明后天可以安排余老师去看看。”

接着，他又对孩子们说：“这位是余阿姨。你们图书室里所有的书，就是余阿姨和孙阿姨她们捐出来的，她们是北京来的。”我赶紧说，是全国的很多叔叔阿姨爷爷奶奶捐给你们的。妮子则小声咕哝了一句：“孙姐姐。”我心里暗笑了一下，一个二十几岁的小姑娘，还不习惯十几岁的孩子叫她阿姨，这个纯属李主任口误。李主任只是略略顿了下，对妮子带着歉意地笑了一下，没有做出特别更正，继续对孩子们和在座的家长们说：“余阿姨她们是要来看一看她们的劳动成果，也看一看你们喜不喜欢她们的书。你们有什么小小的心愿，也可以跟余阿姨说。”

我赶紧说：“请把你们的名字和班级都写在这个本子上，要不我回到北京，再想起你们的时候，怕对不上号了。把你们的联系方式也写下来。”

于是就有了前面的签到簿。

这时候杨虹荔已经签完了。她后面是苏慧洁，是个很漂亮的女孩子。之后的杨帆，我以为是四年级的，因为她长得更加瘦小，结果一问居然是五年级的。

“你怎么这么小啊？我还以为你不到五年级呢。”我对杨帆说。

杨帆有一双亮亮的眼睛，她不知道怎么回答，只是望着我笑。我打趣道："是不是你们校长不给你吃好吃的？要是他不给你，你就告诉我，我有好吃的给你。"几个孩子都一起笑起来。

然后签字的也是女生，李金晶，六年级的。这个女孩倒是长得很壮实，比其他女孩都高一点，也胖一点。

最后一个是男生，叫张宇明。小伙子长得特别精神，红红的脸庞，黑黑的眼睛，表情严肃，英气十足。

我问张宇明："我们寄来的书你看了哪本了？"

张宇明说："我看了《品三国》。还有一本是《作文大全》，对我写作很有帮助。"

哦，这个孩子表达能力很不错呀，我问他："看了《作文大全》，那你长大了是不是想当作家？"

张宇明说："不，我不想当作家。"

"那你长大了想干什么？"

"我想当宇航员。"

小家伙此语一出，立刻引起了一片小小的欢呼。这可真是个伟大的理想，大家都为他拍起手来。

"太棒啦！"大家纷纷赞道。

我也被小朋友的雄心壮志惊到了。一个深山里的孩子，可能连飞机还没有坐过，竟然想翱翔宇宙，这是一个多么美好而遥远的理想啊！实在是让人对这个孩子刮目相看。

“你知道怎样才能当上宇航员吗？”我问。

这回张宇明没话了，他愣在那里，眨着大眼睛，不知道怎样回答。显然他对这个问题没有仔细思考过。就像我们小时候老说，长大了要当科学家，其实怎样当科学家，小时候的我们似乎也并不知道一样。

其实，在座的各位，包括我，可能也不知道当宇航员的细节。我只好笼统地对张宇明说道：“首先，你要认真地学习，保证每门功课都好，将来确保考上一个好的高中，再考上好的航校，那里会培养宇航员。还有一个路径，就是当兵，当空军。我知道，很多飞行员是从空军里选的，而宇航员又是从优秀的飞行员里面选的。这两条路都能够到达你理想的路线。”然后我又老实地告诉张宇明：“我也没有当过宇航员，可能还有其他路径，但我不太清楚，等有机会给你请教一下专业人士。但无论如何，你现在认真学习，提高学习成绩是没错的。”

这时鹏鹏说道：“你要保护好你的眼睛。当宇航员一定要视力好，保护好眼睛才行。”

我也附和：“对，这一点也很重要，没有好的身体也是不行的。”

张宇明特别郑重地点了点头。这孩子是真的听进去了。

我又问他旁边的高高大大的女生李金晶："你长大了想做什么呢？"

李金晶说："我想当演员。"

她的话，虽然声音不大，也是让现场起了一片波澜。在我看来，李金晶的形象和气质非常内向，其实是不适合当演员的，估计在场的人也都不知道她的这个理想，可能她平时也没有向人吐露。若不是见到了北京来的老师，她或许不好意思说出这个想法。可是谁又知道孩子的内心是怎样复杂的世界呢？

我问："你想当怎样的演员？或者说，你想演什么样的角色？"

她略一思索，说道："我想演古装片。"

"古装片里面角色也很多啊，你想演哪一种？"

"我要演那种，高冷的。"

"什么？"她声音不大，我一时没有听清。

李主任和妮子都听到了，向我重复，说她要演高冷的角色。

"哦，我明白了，你要演女王那样的，武则天。"我说。李金晶点了点头。

"那么，你有什么才艺？你会唱歌吗？"我问。

"没有试过……"李金晶说，声音里有一点点不自信。

“那么，你要学习唱歌，学习跳舞。因为演艺需要会唱会跳，要特别活跃。你还要学会模仿身边的人。演员要塑造人物，是一种靠才艺吃饭的事业，将来你要演戏，就要学习塑造人物。比如你来模仿杨帆，让同学们看看模仿得像不像，这样你才能培养自己当演员的能力。而且，你的性格要再外向一些，你现在坐在这里的样子太乖了，当演员首先要活泼外向，要学会很多东西的……”我大概当时就向李金晶说了这些。因为凭我对她的外形和气质的判断，这姑娘的理想与现实之间距离比较大。

“我说的对吧？家长们有什么意见？”我说完之后，问旁边的家长。家长们都点头称是。“你的家长在这里吗？”

“没有。”李金晶说。

校长说，这些孩子的家长不在这里，他们的家有的比较远，来的这些家长是在学校附近住的。

“啊，不是一对一的，我都没好意思问。”我看着房间里的家长们，也都是老实巴交的样子，特别朴实，坐在那里貌似比小学生还规矩。我对他们说：“家长们也给我们提提建议吧，看看你们的小孩喜不喜欢我们的书，喜欢什么样的书，都可以告诉我哈！”家长们都非常友善地向我报以微笑。

然后我又问杨帆：“你长大了想干什么？”

杨帆说："我想当老师。"

李主任笑道："你找到同行了。"

我对杨帆说："当老师好！教书育人，多么神圣啊！我也算你半个同行，咱们握握手。"

杨帆伸出小手，和我握了一下。这孩子温文尔雅，如果她的理想实现了，那她一定是位好老师。

杨帆身边坐着的是苏慧洁，梳着一个黑油油的马尾辫，圆圆的脸、大大的眼睛，很可爱。

我问苏慧洁："你长大了想干什么？"

苏慧洁："我想当医生。"

"当医生啊，太好了，白衣天使！为什么想当医生呢？"

姑娘微微一笑："因为，我妈妈就是医生。"

哦，原来是有家学渊源。看来苏慧洁当医生的理想比较靠谱。

"你呢？"

苏慧洁旁边，就是读了《老人与海》的杨虹荔，我顺口问道。因为之前聊过了，我俩有点儿熟人的感觉了。

"我也想当医生。"杨虹荔回答，然后看着苏慧洁笑。

看来她们俩是好姐妹，连人生的理想都一样。

"当医生很累的。你们想过吗？每天工作都会很辛苦。"我对两个小姑娘说。

苏慧洁温和地说："没事。只要能治病救人就行。"

哎呀，我不由得向她竖起大拇指，这思想高度真让人敬佩！老师和家长们也都向这个漂亮的姑娘投出赞许的目光。

那么，这几个孩子的学习成绩怎样呢？这可是实现人生理想的第一步啊。张校长说，他们的成绩都很好，尤其是——他指了指苏慧洁。这为她当医生开了个好头，因为医生是要读医科专业的，很多是硕博连读，成绩不好那是一点戏都没有。

还好，苏慧洁现在的成绩是让人满意的。

现在看，就是有着"高大上"当宇航员理想的张宇明有些迷茫。因为大家都不知道，要想当上宇航员该做些什么。我对此还算是有一点点沾边的信息。起码我采访过景海鹏，他是我国的宇航员。但我只是知道，他是从空军飞行员中选拔出来的，他不是一开始就当了航天员，而是当了很多年的优秀飞行员。

张宇明睁着一双大大的眼睛，不知道在想些什么。

座谈会的气氛越来越活跃，经过了和老师们、家长们、孩子们的对话，刚一开始的拘谨氛围已经没有了，同学们关于理想的话题，大大提升了现场活跃度，大家你言我语，有问有答，聊得很开心。我也把整个"梦想2017"捐书活动的过程，

花山镇营盘完小的孩子们在排练节目

以及落实到景东的原委，大致介绍了一下，获得了大家的掌声。

这个小小的座谈会，让我记住了这些淳朴可爱的孩子们。我当然特别希望他们每个人的理想都能实现，都能梦想成真。

尤其希望在不远的将来，在浩瀚的宇宙中有宇航员张宇明的身影……

16

望福小学和灰窑小学

据说在我们来景东之前，大约12月中旬左右，这里下了一场雪。云南其实很少下雪的，但这几年不知为什么，年年下雪。当然云南的南部还是温暖的，下雪的只是北部。景东在北纬24°左右，按说这个地方其实也是难得下雪的，但2017年居然也下雪了。一下雪，人们大多数的反应都是觉得新奇好玩。但这里一旦下雪就会很冷，山路会更不好走。非常庆幸的是，我们来时是12月下旬，与那场雪刚好错过。云南收起了她小小的任性，又回到了四季如春的和煦中。

这对于我们走访学校自然是十分便利了。路好走，车也好开。于是我们就在一片春天般的阳光中，来到了安定镇望福小学。小学的门口很宽大，红色的门垛上挂着“景东彝族自治县安定镇望福小学”的不锈钢牌子，同样也是汉语和彝文双语的。望福小学的校舍宽阔敞亮，教学楼依山而建，最高处飘扬着鲜红的国旗。迎着阳光，走上高高的阶梯，感觉很有气派。

在学校的围墙上，画着几十米长的风俗画，都是彝族生产和生活的画面。每一幅都有一米多高，三四米宽，白色的底配上鲜艳的彝族民族服装，很醒目也很漂亮，充分显示出这个小学的民族特色。其中一幅三个彝族男子吹长号的画面吸引了我。张校长解释说：彝族有重大活动的时候，都要吹这种长号，声音很洪亮，很有气势。我看到三个男人的头上都包着黑

在景东安定镇望福小学的教学楼前合影。

头帕，而且还能包出一个角，像牛角似的立在头部左侧，便生出几分好奇：

“这个是叫头帕吧？”

“叫包头。”李主任回答。李主任知识广博，又生活在彝族地区，对于彝族文化堪称了如指掌。

“包头上的那个角，有的还很尖，是怎么包出来的呢？”我问。

张校长本身就是彝族人，对本民族的文化也是如数家珍。

原来那不叫“角”而是叫“英雄结”，是彝族男子最突出的特征。包头一般用长约三尺的青布或蓝布，缠的时候要打个结，然后缠成一根锥形的缠束立于前方，这就是“英雄结”了。据说这是用来表示彝族男人英勇威武的气概。一般年轻人的“英雄结”会又细又长，直竖于左前方，表示生机勃勃，而老年人的“英雄结”短一点，以示老成持重。彝族男性的左耳上，通常也会戴一串用红丝线穿缀起来的红黄色耳珠，大小也和年龄有关。在彝语中，“英雄结”的发音为“祝题”。最早记载在《后汉书·南蛮西南夷传》：“西南夷者，在蜀郡徼外。有夜郎国，东接交阯，西有滇国，北有邛都国，各立君长。其人皆椎结左衽，邑聚而居，能耕田。”其中“人皆椎结”，指的就是古代彝族先民的头髻。看来，“英雄结”是由“英雄髻”演化而来，这历史也真是够悠久。

我们边聊边来到了望福小学的图书室。这是一间很大的开间，没有像安定中心完小那样，排列那么多的书架，只是有两个高高的木制书架，立在墙的两边。也是，这个学校学生很少，只有51名学生，又都是四年级以下的孩子，是不需要那么多书的。因为空间大，图书室的中间摆了一张大大的木板做的矮桌，旁边都是木头钉的长条凳，一看就是为了让孩子们在这里看书的。桌椅都刷着黑黑的桐油，显得又古朴又大气。

这种感觉，可能勾起了鹏鹏的童年回忆。他感慨地坐在板凳上，说："多少年没坐过这样的凳子了，真是亲切！"

妮子顺手从书架上取下一本书给他："好好看书，回到童年！"

我趁机抓拍了鹏鹏的"童年"照，大家都笑了起来。

别看这里的图书室小，但管理是很到位的。孩子们的课也是上得绝不马虎，别看学生少，老师却很好 —— 那就是我们遇到的"特岗教师"。

特岗教师政策是中央实施的一项针对西部地区农村义务教育的特殊政策。其主要做法是通过公开招聘高校毕业生，到西部地区县以下农村学校任教，从而引导和鼓励高校毕业生从事农村义务教育工作，创新农村学校教师的补充机制，逐步解决农村学校师资总量不足和结构不合理等问题，提高农村教师队伍的整体素质，促进城乡教育均衡发展。

在望福小学遇到两个年轻老师的时候，我还有点奇怪，这么小的学校，这么偏远的山区，还有这么年轻的老师来教课吗？然后李主任才介绍说，他们是特岗教师。

"你们在这里习惯吗？喜欢吗？"我问一位年轻的小伙子，他几乎还带着刚走出校园的青涩。

“很喜欢。这里很不错的，我们生活得很习惯。”他回答。或许他是看见外来客人，用了一种客气的说法？但我看他的表情很真诚，像个天真的大男孩。

特岗教师的服务期是三年。他们在这三年间，享受和正规教师一样的待遇。服务期满后，可以选择留任。就是继续在所服务的学校“转正”，而且是有岗有编，等于教师这碗饭就吃上了。当然也可重新选择就业，各地政府包括教育部门也会提供便利，尊重他们的选择。这真是一个不错的政策，既解决了大学生的就业问题，也解决了西部学校缺师资的问题。而且这些特岗老师年轻力壮，见多识广，为山区教育带来更多活力。在西部实施特岗教师计划以来，三年服务期满后，貌似大多数特岗教师都选择了留任，这对西部的教育事业无疑是利好。而且一旦当了特岗教师，档案里就有了这份光荣履历，城镇中小学如果自然减员，首先要选调这些经过了三年实践锻炼的特岗教师。

“那么，你们到期以后，会选择留在这里吗？”我又问那个大男孩。

其实我有点担心。这里交通这么不方便，生活也不富裕，孩子的家庭也都很普通，这些大城市来的大学生能留在这里吗？

“我可能会留下吧，”男老师说，“她可能还没有定。”他指着身边一位也是清纯模样的女生。她也是来望福小学做特教的。

“我到时候再看看，或者也留下也说不定……”女孩笑着说。

“你哪里的？”我问。

“我昆明的。”女孩回答。哦，生在昆明那么美丽的地方，能忍受山里的枯燥，应聘特岗教师已经很不容易了，也确实不能要求太多。

事实上，据西部已实施特岗教师计划省份的数据统计，有的省份特岗教师留任比例高达97%。对于山里那些渴望了解外界的孩子们来说，这真是一件大好事。

我们聊着天，顺着阶梯走上了小学的教学楼前，正好赶上孩子们下课，一群大大小小的孩子从教室里跑出来，叽叽喳喳，如同一群落在地上的山雀。

一个个子高一些的男孩注意到了我们，他很敏锐，发现了老师们之中的新面孔，就站在那里看着我们，表情严肃，很高冷范儿。

我向他走去，问道：“同学，你叫什么名字？”

“朱镕基。”他一开口，就是彝家口音，我听成了我们曾经

望福小学只有51名学生，还都是四年级以下的孩子。我们正赶上他们下体育课，就和孩子们照了张相。这里的冬天不太冷，不少孩子还穿着凉鞋——这个情况曾让广大网友惊呼“受不了”……

总理的名字。

“什么？你和总理同名吗？”

“不是……”他又说了一遍，我还是没有听分明，就说：“你帮我写下来好吗？”

“好的”，他接过笔纸，写出来一看，原来是“朱荣金”。

朱荣金，这个名字和朱总理的名字太相近了，他又是彝家口音，难怪我分不清。

我忽然发现，这个小男生的脚上穿着凉鞋，再一看，不止一个孩子，都是光着脚穿着凉鞋！这可是12月底，在北京已经算是隆冬了，看见孩子们穿凉鞋真的不忍心。

我悄悄和李主任商量，要不看看有多少孩子需要旅游鞋、运动鞋什么的，我们一会儿去商店给他们买一些？现在穿凉鞋是不是太冷了？

李主任把朱荣金叫过来，说："这位阿姨想送你一双旅游鞋，可以吗？"

我也向他点点头。

结果朱荣金一脸庄严，眼睛也并不看我，高声说："不要！"

"你穿凉鞋不冷吗？"对他的拒绝我有点意外。

朱荣金还是目视前方，一副高冷范儿："不冷。"

看着他坚决的眼神，我也不好坚持，还是尊重孩子的意见吧。后来我才知道，云南的冬天很短，或者说，那里的冬天很快就过去了。即使是冬天，中午时分也依然是比较暖和的。夏无酷暑，冬无严寒，所以云南人祖祖辈辈都比较"扛冻"，他们认为冷也冷不到哪去，忍一下就过去了。所以老师们见到孩子穿凉鞋，也不像我们北方人那样大惊小怪，一惊一乍。老师们说，孩子们上体育课还喜欢穿凉鞋，因为穿球鞋一跑，脚会出汗。朱荣金这几个孩子，可能就是刚下体育课。反正他们看到孩子们光脚穿凉鞋，没有像我们一样感到不可思议……

我们和望福小学的孩子合影留念，朱荣金也站在里面，我们和孩子围成半圆，大家都快乐地笑着，朱荣金也和我们一起喊着“茄子”。这张照片发到微博后，有眼尖的网友很快发现了问题：那几个孩子，怎么这么冷还穿凉鞋？感觉必须马上给孩子们捐鞋！

我不知道该怎样向网友解释。这里的冬天不太冷？这里的冬天冷一会儿就过去了？这里的孩子穿凉鞋的很多？这是刚下体育课？朱荣金拒绝要鞋？

……这事有些小小的尴尬了。

总之我后来啥也没说。

我们在灰窑小学访问的时候，又看到了冬天穿凉鞋的孩子。

灰窑小学位于锦屏镇。锦屏镇的中间有条川河，从北向南贯穿全镇，形成了一马平川的锦屏坝子。镇的西面有御笔、玉屏、翠屏、瑞屏、锦屏五座山峰，与川河之东的凤山相对，据说这是当地著名的“五龙朝凤”山水格局。灰窑小学就在镇子的北面，是一座简朴的三层楼房，刷着淡黄色和白色的外墙，在冬日的阳光下，显得十分温暖。

灰窑小学的校长杨洪，是一位在景东人里算是“白面书生”的老师，皮肤要比其他男性老师白不少，呵呵。同在的还有锦屏镇中心完小的校长阿景慧。阿景慧，这是一个很灵秀的名字，而其拥有者却是一位彪形大汉，很有意思的反差。杨洪校长和阿校长早早就在学校等我们，带我们参观学校，特别是图书阅览室的情况。

就在教学楼的门口，我遇到了一个

小女孩。她也就六七岁的样子，穿着没有洗干净的粉色外套，一条白底黄花的裙子，因为冷，她在裙子里还穿了一条裤子，但是她也是光着脚穿着一双塑料凉鞋。我一看就有些心疼，因为那天并不暖和，看见女孩子光脚穿凉鞋，心里就替她冷。我把她搂在怀里，问她脚冷不冷？小女孩有些害羞地说不冷。但我分明看见她脸色冻得发红，这孩子难道没有其他鞋吗？我问旁边的老师。老师说，有的。就是因为这些孩子家很远，都是自己在学校住校，一周才回去一次。可能早上起来抓到这双鞋就穿上了。又是有鞋不穿。转念一想也是，这样小的孩子，可能对冷热不那么敏感，或者也还不太会照顾自己。妮子从包里

在灰窑小学偶遇的小女孩，你还好么？

掏出了几块糖，这是她精心为孩子们准备的小礼物（其实还有书和笔什么的，见这个孩子太小就没有拿出来）。孩子很开心，我也趁机和她合了个影，女孩乖乖站在我身边，努力地笑着。可是，我感觉她的笑容有些僵硬，可能有些认生，也可能是笑得少，她脸上负责笑的肌肉没有得到很好的练习，抬不起来。

上了楼，灰窑小学在图书管理方面也很出色。阅览室有两排整齐的书架，白墙上喷绘着好看的美术字，“让阅读成为一种习惯”。“阅览室阅览守则”和“图书借阅守则”都以工整的宋体字放大印制，镶在镜框里，挂在阅览室的墙上。这里的书也都做了卡片，方便学生借阅。此外，每间教室都设立了“读书角”，一些学生爱看的书都放在那里让孩子们交流。在某种程度上看，这里学生对课外书的重视，可能超过了一些城市里的学校。因为这里的孩子课外生活很有限，不像城里孩子有那么多东西可玩，有那么多地方可去，所以读书就是他们热衷的选择。

李主任指着挂在墙上的“云南省督导检查学校工作表”告诉我们，灰窑小学已经在生均拥有图书方面达标了。这张表上清清楚楚填写着：锦屏镇灰窑完小，在校学生数329人，班级数7个，生均图书册的总数是8200册，生均25册。这个“生

景东锦屏镇的灰窑完小，是个不大的学校，加上学前班也不过400左右的学生。在“梦想2017”活动中，受捐图书8000余册。

均图书”指标，就是教育部规定的每个学校的中小学生拥有课外书的数量，其指标是小学生20册，中学生30册。而灰窑小学作为小学，生均图书量已经超了5本，所以是大大地达标了。我想起普洱市教育局的李副局长和我通电话时说过的，他们要接受国家的什么检查和验收，所以很希望我们加快捐书的速度——想来就是这个督导检查了。所幸，在众多热心公益的人士和社会各界网友的共同努力下，景东县所有学校的课外书已

景东龙街乡南岸完小的孩子们在做消防演习。

经全部“达标”。我们的辛苦结出了丰硕的成果。这个结果应该会让全体参与“梦想2017”活动的人们满意吧!

后来李主任还说，景东的生均图书已经完全不用发愁了，可能好几年内都足够用了。好吧，我们的目的达到了。

灰窑小学的学习氛围也很好，就连教学楼楼道的横檩上，都印着很多学习警句，让孩子们抬头就能看见。

如“书山有路勤为径，学海无涯苦作舟”，如“智者千虑必有一失，愚者千虑必有一得”，如“精神成就事业，态度决定一切”等，看得出老师们的良苦用心。

可以说，整个景东都有这种浓郁的学习氛围。在他们的小学参观，见到的学生与大城市的学生截然不同。最深的印象是，这里的孩子们真的非常爱读书！可能对于北京来说，这里只是距离约3000公里的弹丸之地，而对于常年生活在这里的孩子来说，这就是他们的全部。甚至对某些孩子来说，或许就是终生之地。或许老师和孩子们心里都明白，要走出大山，唯有读书是正途。

毋庸否认，景东这个群山环抱的小县城，与外界之间存在一定的脱节。20世纪80年代这里才进入电话时代，高速路要再等两三年才会开通。第四代移动网络的服务，更是迟到了两年以上。我们寄给孩子们的书，也比寄往其他地区的东西，至少延迟一周送达。

但是，书籍，在此地会延续更长久的生命。

17

有笑又有泪的贫困生家访

走了几个学校，我们提出想去贫困生的家里看看。最主要的是，想看看当地孩子的生活环境，看看他们衣食的日常。

这回是李馨香带着我们，按照杨洪校长的安排，来到了锦屏镇灰窑村的一户学生家里。

车开到一个山坡下，就不能走了。因为学生家在坡上，车上不去了，只能走路。于是我们下了车，沿着一条没有修的土路，往上走去。

我忽然想到，在云南的雨季中，这样的路可能就会很泥泞，没办法走了吧？便问杨校长："这样的路，雨天怎么走啊？"

杨校长说："也是一脚水一脚泥地走吧。"

来到景东的突出感受就是，当地人对困境的淡然。他们的生活不富裕，在旁人看来真的有很多不如意，衣食住行都是缺憾，但他们却平静地接受着，生活着，甚至还有些世外桃源般的安之若素。有时候我会突然有一闪念：如果自己处于这样的环境，能否有这样平静的心态？这样想着，就会在某个瞬间，忽然生出对这里平凡的人们的崇敬之情，觉出他们的伟大来。

走上山坡，我们来到了半坡处的人家。进了石头垒的院门，看见这家有个挺大的院子，平平整整的水泥地。正面是三间正房，外墙贴着细长块的白色瓷砖。这是农村很流行的一种装修，外墙全是白白亮亮的瓷砖，在太阳下反着光。西边还有两间厢房。房子前面都有回廊，上面都有瓦檐，估计在南方多雨的季节很有用。西北角落有一间小砖房，没有刷外墙，估计是厨房。院子有老老少少五个人，两个孩子三个大人，显然已经知道了我们要来，都在那里等着。

杨洪校长介绍，三位大人中有两位孩子的家长，爸爸和妈妈，还有一位孩子的奶奶。三位大人都黑黑瘦瘦的，爸爸个子很高，妈妈比较瘦小，奶奶的身体看上去不错。他们都向我们温和地笑，算是打了招呼。

我看到了站在妈妈身边的最小的孩子，也就四五岁的样子，把半个脸藏在妈妈腿后，怯怯又好奇地看着我们。我逗她："小妹妹真漂亮，叫什么名字啊？"

小孩子一下藏到妈妈身后躲起来，并不回答我们的话，妈妈怎样让她回答也没用。妈妈还说了一句彝语，鼓励孩子和我们打招呼，然而孩子还是怯场。

"有点儿认生，一会儿熟了就好了。"我对妈妈说。

李馨香也帮腔："这也是老师啊，将来你也要上学的啊，天天都是要见到老师的。"

我们和妈妈寒暄："做什么工作啊？还是在家里干活？"

妈妈说："有时候出去做一点短活儿。我身体不好，不能

灰窑村贫困生李健雨的家。躲在门里，怯怯地不敢出来的是她的妹妹。

出去做工。”我一看，她果然比较瘦弱，脸色也不好，身体可能确实有些问题。回头看了一眼爸爸，他有一米八左右，还挺结实，就说：“爸爸看来身体还不错吧？”

结果妈妈回答：“他也不能做长工了。在水泥厂工作的时候，伤了腰，现在干不了重活儿，腰不行了。”

“那家里有什么收入啊？”我问。

“就靠我们做一点短工，也做不了重活……”妈妈这样说。看样子她也不是能

李健雨认真地在本子上写下自己的名字和自己喜欢看的书。

言善道的人，始终就是这几句话。爸爸则始终沉默着，没有说话。

这次家访的小主人公，正在忙着给我们沏茶倒水。

我们招呼她坐下来，问她叫什么名字。

“李健雨。”她声音很轻，但说话很清楚。

我拿出了给她买的新书包，一个漂亮的粉色与蓝色相间的双肩背包。还有一些文具和玩具。这些东西都是我们昨天晚上在县里的超市买的。我们知道今天要来看望贫困生，所以就想给孩子们买点礼物。先是买了书包和文具，这些是孩子们永远的需要。快到圣诞节了，商场里有很多圣诞老人的玩偶，我们也顺便买了一个。还有一个特别新奇的玩具：沙漏计时器。不过它里面放的不是沙子，而是一种透明的液体，液体中有各式各样的小鱼，当一侧液体流向另一侧的时候，带动着小鱼也仿佛在游动，煞是好看。

“我们可以到你的房间看看吗?”

小姑娘点点头。

我们走进了李健雨的房间：一排北房中的最东间。应该说，房间比较小，不到十平方米的样子，里面陈设很简单，或者说很简陋。在靠窗的地方，放了一张小小的长方形桌子，还有一把木头椅子，这大概是她写作业用的。其余就是两张小床，也不是什么正规的床，就是自己钉的木板，没有床头床尾，就是一个木头架子。上面铺着简单的被褥。两床之间有个矮矮的茶几样的小桌，堆着些杂物，屋里的墙壁也是简单的刷白，估计时间已经长了，白墙已经不白，水泥地也比较粗糙，凹凸不平。地上放着一个塑料桶，估计是垃圾桶，旁边有些药盒，好像是糖浆和感冒冲剂的盒子。

接着我们又参观了其他几个房间。在男女主人的房间里除了有个电视和床，其他东西也是极其简单。

奶奶的房间最惨：黑黑的屋子里几乎空空如也，墙壁没有刷白，只贴着薄薄的糊墙纸，好多地方已经破裂，地上的水泥也缺了一大块，在床前出现了一个不小的“坑”。一张木板床，一个有着两个抽屉的小柜子，就是屋里的全部家当。相比之下，还就是李健雨的房间好一些，家里最好的东西可能都放在她那里了。

李健雨很疼爱妹妹，马上把圣诞老人的玩具给她玩儿。小妹妹也逐渐放松下来，但还是不和我们说话，只是跟着奶奶，远远地看着我们。奶奶其实也并不是很老，也就60多岁的样子，身体看上去不错。她向我们解释，说小妹妹不爱说话，是因为孩子身体不太舒服，有点感冒。我们赶紧让她带着孩子回房间休息。

在李家转了一圈，我们就坐在院子里的小桌子旁边聊天。我们坐的是那种小小的木头板凳。山区人民身材苗条，才能坐这种小板凳，胖一点的人肯定是坐不下去的。冬天的阳光照在身上，果然一点也不冷。李健雨非常懂事地给每一位客人倒水，小小的个子提着大大的暖瓶，好像不太费力气，看得出是经常干活的孩子。

我让她坐下，把自己的名字和学校写下来。她规规矩矩地写下了“李健雨”三个字，又写下了“灰窑完小五年级”这几个字，字写得整齐漂亮。

“字写得好。”我说。

“我写字不好。”小姑娘轻声地说。

“挺好的呀，方方正正，一笔一画的，挺好!”

我又问：“你在班里学习怎么样啊?”

她有些不好意思地回答：“算不上最好的。”大家都笑起来，原来小姑娘对自己的要求蛮高。

“算不上最好，那也一定很不错啦。”我说。

“前五名是不是?”妮子在一旁问。

“前三名吧?”我打趣道。

小健雨低头想着，估计每门功课的名次不一样。

“你们班多少同学啊?”我又问。

她说：“57个。”

“那么大的班啊？这么多同学!”我有点惊奇了。

杨校长说：“因为我们学校的五年级就一个班。五年级共有57名学生。昨天你们看见了，就在阅览室的旁边。”

我想起昨天在灰窑完小参观的时候，确实看见一个班的同学很多，当时还在考试。学生们都在认真做卷子，我们悄悄地看了一眼就走了。

“其实还是老师不够，能教五年级的就一位老师。从学校的学生比例来说，师资还是不够。有条件还是应该分班的。现在五年级的班里有35个男生，22个女生，不太好带。”杨校长又补充道。

是啊，男孩子淘气，管好35个五年级男生还真是需要点智慧和体力，何况还有22个女生。可是能教五年级的就一位老师，奈何?

我又问李健雨:“你喜欢哪门功课？语文还是数学?”

“语文。”

“那好呀！你好好学语文，将来长大了也当女作家，也写书好不好?”

李馨香对小健雨说:“你要好好看书。你们现在看到的书，都是阿姨她们捐的，你们多看一些，多涨知识，从书里可以学到很多东西。”她不愧是当过老师的，循循善诱，也很会和孩子们沟通。

“我们捐的那些课外书，你看了吗?”我问。

“看了。”健雨笑了一下。看来看书这件事让她非常愉快。小姑娘长着小小的圆脸，鼻梁高高的，端庄大方，轮廓很好，笑起来很好看。

李健雨家。
上图是她家的堂屋。
中图是她的房间。
下图是她奶奶的房间。

“喜欢哪一本？”

“模范小猪事迹。”我听她这样说，跟着她重复了一遍，结果她摇头，告诉我不是这几个字。等看她在本子上写出来，才知道原来是《魔法猪世纪》。我居然把“魔法”听成了

“模范”。鹏鹏说：“看来我们和孩子们的思路已经不一样了。”大家互相看了一眼，完全不知道那是本什么书。

哦，我们离童年已经这么远了，我们不做儿童已经这么多年了。一本书竟让我们的人生显出了沧桑。

“好看吗?”

“好看。”

“喜欢吗?”

“喜欢。”

好吧，既然孩子们喜欢，可能还不错吧。

“阿姨最近也写了一本书，可惜今天忘记带了，将来寄给你好不好?”我忽然想起我的《相思在马丘比丘》，这种书能开阔点儿眼界，让小健雨读一下也没什么坏处。当时我们车上好像有这本书，所以又有人提议交给杨校长，让杨校长给健雨。但估计走的时候谁也没想起来。倒是健雨一直记得这件事，2018年7月份，她给我打电话，说想要看我的书。哎呀，居然拖这么久吗？我还以为当时就给了。于是赶快发快递，把拙作寄到了景东县锦屏镇的灰窑村，李健雨也收到了。这是后话。

此刻，馨香正对李健雨说：“这位阿姨是作家，她写了好多书，可能有的你还看不懂。”

我问健雨："你将来长大了想不想当作家？说说你的理想吧？"

李健雨欲言又止。

杨校长也说："你有什么想法，说说没有关系，怎么想就怎么说哈。"

李健雨沉默了一下，更轻地说："我想带爸妈去更大的世界看一看。"

这是人生理想？大家互相看了一下，觉得这个孩子好懂事。才11岁呀，就有这样的想法。

"阿姨是想知道，你将来想做什么工作呢？"我又问。大家也问："是呀，将来长大了想干什么呢？是不是也想当作家？"

李健雨忽然低下头，不回答我们的问题，也不说话，之后是几秒钟的静默。原来这个小姑娘流泪了。大家都有些紧张，难道我们说到什么让她伤心的事情了吗？

我们等小姑娘平静了一下，再细一聊才知道，不是我们伤了她的心，是她为自己的父母伤心。她是因为自己没有能力带爸妈到外面去看看而落泪，她觉得爸妈都太辛苦了。两个人身体不好，还要抚养自己和妹妹，太不容易。现在自己太小，不知道什么时候才能让父母散散心，享享福，哪怕是带他们去一趟县城……

唉，这个感情丰富又心思重的小姑娘，很是让我们感慨了一番。俗话说：富贵多逆子，贫穷出孝顺。穷人家的孩子，一般都懂事很早。艰苦的日子，让很多孩子从小就想为操劳持家的父母分忧解难，也从小懂得全家人要同甘共苦，共赴辛劳。他们耐受力强，会忍受贫困，努力生存，甚至因为贫穷而塑造了自己强大的精神，成就了日后的成功。贫穷可能阻隔了这些孩子追求自我的丰富性，却开拓了他们向上攀登的可能性。这样的例子不胜枚举。反观我们的当下：物质生活极大丰富，孩子们不再缺衣少食，富裕地方的孩子都过着衣来伸手、饭来张口的日子。可是，这对孩子们来说未必是好事。譬如，有多少孩子能像李健雨这样，为父母的辛苦而落泪？为不能带父母出去玩而愧疚？

我认为，我们给了孩子过于丰富的物质生活，却忽略了这种生活的副作用。今天很多孩子变得脆弱浮躁，变得不能忍受苦难和挫折——这其实是值得我们警醒的。

后来，小姑娘终于快乐起来。因为在我们的鼓励下，她说出了她的人生理想是当演员（天！又一个想当演员的。这也反映出了一个问题，演艺界明星霸屏太多，给年幼的孩子们带来了许多误导。其实我们的媒体应该倡导脚踏实地，崇敬英雄，这样我们的民族才更有希望）。只是，当时我们没有时间和李健雨交流这些更深的东西，怕孩子不理解，本来这也是和孩子无关的。我们顺势请她跳了一段舞。起先她还不知要跳什么舞，我提议跳“三跺脚”，因为那天我学了半天，也没学会那个关键的转身跳的步子。结果杨老师说，她也不会跳。一个身在彝乡的人也不会跳“三跺脚”，这我就心安了。

杨校长提示李健雨：“你们不是在排节目吗？把那个节目给阿姨演一下啊。”这下李健雨知道表演什么了。原来他们班级准备在学校的新年联欢会上演出，男生排练了《懒老汉》，女生也排了一个舞蹈，名叫《五月DJ》。很时尚的名字啊，大家都请她表演。

于是她站起身，在小院子里跳了起来。这是一个类似街舞的舞蹈，动作不复杂，节奏感很强，估计二十几个女孩子一起跳会很好看。没有音乐，我们一起拍手为她打着节拍。李健雨就在我们的击掌中挥手而舞。在阳光和我们的掌声中，她笑得很灿烂……

从李健雨家里出来，我们又到了另一个贫困生的家里去家访。

这回是李健雨的爸爸领我们过去的。一路上有很多高大的竹子，李爸爸就给我们讲什么是苦竹，什么是甜竹，如何辨认。甜竹的样子非常好看，翠绿而高大，箨鞘淡绿褐色，也有些是偏淡红，有紫色脉纹及宽窄不等的绿白色纵条纹。甜竹又叫甘竹、紫竹，竹笋的味道极其甘美，有时候都可以生吃。以前看过一个报道，云南的一位农民种竹笋脱贫致富，说的就是这种甜笋。而苦竹的竹笋会带苦味，貌似入药比较多，吃的人比较少。苦竹与甜竹通常长在一起，只不过苦竹的节比甜竹长，也稍细一些，不留心还真分辨不出来。看着健雨的爸爸一脸愁苦地给我们讲竹子，我有些感触。一脸愁苦不是健雨爸爸刻意要做出的表情，而是他的习惯使然。常年的生活压力，最终会在一个人的脸上体现出来，并最终定格为他日常的表情。但生活就像这片竹林一样，甜和苦总是伴生的。有甜就有苦，有苦也有甜，看你怎么选择了。

我们来到的第二家也姓李。男主人不在，出去打工了，只有女主人和一个二年级的孩子在家。这孩子是女孩儿，也是灰窑完小的学生。相比于李健雨家，这家的条件要好很多，家里的摆设明显多了，有电视机、洗衣机、沙发等，房间也粉刷得比较明亮。

引人注目的是，院子里的绳子上挂着很多猪肉。这是云南的风俗，一进入腊月，就家家杀猪做腊肉。虽然是贫困地区，但是每家的牲畜都不会少，起码都养着猪，养着鸡。有的家里还养了好几头猪，除了自己吃，也能做成腊肉卖。云南的腊肉

相当好吃，靠着这里的阳光和微风，肉的味道会特别香甜。很多北方人不懂腊肉，以为腊肉是“辣”的，实际上是因为进了腊月，要准备过年才杀猪做的肉，所以才叫腊肉，与“辣”无关。除了做腊肉，也有做腌肉、火腿的。这种习俗，是这里流行了上千年的饮食传统。过去没有冰箱，就要想各种办法把猪肉保存下来，还要保留美味，毕竟一头猪的肉很多，如果不及时处理就坏了。而做成了腊肉，就能放很长时间。后来我们在李馨香的家里，还看到了他们怎么做火腿，也觉得很开眼，很多生活细节其实体现了先人们的智慧，值得学习和传承。

现在健雨的爸爸带我们到这家来，一是按照杨校长的安排，给我们介绍这家的小女孩，另外就是要帮她家杀猪。

这个女孩比健雨小两岁，比李健雨更漂亮，但明显比健雨还要内向。她叫李健涵，和李健雨的名字很接近，刚开始我们以为是表姐妹什么的，但实际上两家并没有亲属关系。李健涵基本上不说话，见到我们送她的书和文具后笑了一下下，然后就一直认真地做作业。孩子太小，也认生，我们只是简单和她聊了聊天，和她玩了会儿，抱着她照了相。

李健涵的妈妈倒是很健谈，她向我们介绍了这个小姑娘的喜好。原来她喜欢画画儿。她家墙上贴着她的“作品”，色彩用得含蓄，线条也纤细，一看就是个心细的孩子。因为家里不

李健雨的爸爸，在给我们讲解怎样分辨山上的苦竹和甜竹。

富裕，健涵没有太多学习美术的途径，她唯一的爱好就是收集一切她认为好看的东西。妈妈领我们看了她的“收藏”，都是一些商标贴纸，什么脆皮肠、饮料之类的商标，还有不知从哪捡到的小画片什么的。她把它们贴在墙上，没事就欣赏，这就是她的“宝贝”了。要是在大城市，有这种兴趣的孩子，早就被家长带着报班去培养了，而在这个深山里，小小的李健涵只能这样成长。这又让我们想起了命运有不公的话题，这么喜欢美术的女孩，若是生在大城市，取得成就的机会会比现在多很多。但世界并非公平的，每个时代、每个地域都存在缺憾。我们留给她一套彩笔，希望她喜欢，也更期望这个小姑娘在面对命运的不平时，不任由命运宰割，而是奋起向命运挑战。我们希望她明白，当然她太小可能不明白，但我们还是把希望表达一下：好好画吧，无论成败。只要奋斗过了就无怨无悔，就是她人生轨迹的最美篇章。

家访的时间不长，我们却感慨良多。我想，将来等景东的路修好了，我们可能会再来吧，因为这里有让我们牵肠挂肚的孩子们。

但路修好要到2020年。一想到这个，我的心里又比较矛盾。一方面，我当然希望景东能够通高速，因为便利的交通会给这里的人们带来方便，带来效益，带来更好的生活，能让李健雨带着爸妈看看外面的世界，也能让杨虹荔去看没有见过的大海……而不是像现在这样，抬头见山，道路崎岖，出行受阻。现在，在景东县的山里边开车经常堵塞。道路弯弯曲曲，雨季还有滑坡、落石，而且到处在修路。山路很窄，在路上行驶经常遇到断路的危险。我们去馨香家里的时候就遇到了断路，那当然是因为正在修建的高速公路，那地方需要砍树，两边的车都不能走，于是我们就老老实实地在路上“趴”了一个多小时。将来路修好了，就没有这样的问题了。另一方面，道路通了，固然会给当地带来便利的生活、商业的流通、旅行的便利和发财的机会，但来的人多了，或许也会把当地的自然环境破坏掉，让它失去原

在景东考察的时候，恰逢年底，也恰是当地的“杀猪季”。当地老百姓家家都养猪，为的是腊月杀猪过年。为了让猪肉能存放，就要做成腊肉。我们看到，几乎家家户户的院子里都有正在制作的腊肉。做腊肉，要把肉腌好后，吊挂在阳光下晒。开始每天晒1次，以后每隔2天晒1次，要晒约2个月，才能成为黄里透红、味道醇香的腊肉。“一家煮肉百家香”，就是人们对腊肉的赞美。图为李健涵家正在晒的腊肉。

左边两幅是李健涵的画。右下角是她收集的“宝贝”：她能找到的以及认为好看的画——其实就是别人丢弃的各种商标，她就贴在自己的床头。

始状态下青山绿水的迷人风韵。现代文明其实是一把双刃剑啊！

所以，既要发展，也不牺牲环境；既要让那里的人民有好日子过，又能继续享受优美的自然风光——这可能是对景东县人民政府的真正考验。

18

在冬天盛开的樱花

此次来云南之前，我还真不知道樱花会在冬天盛开。

那天，李主任告诉我，在附近的无量山樱花谷，有美丽的樱花正在开放，景色非常美丽。真的？这个信息让我们一行人都很兴奋，一定要去看看。能在寒冬腊月观赏樱花，无论如何是一件雅事。

无量山樱花谷离我们的住处并不远。当天午后，李主任就驱车带我们来到了樱花谷。一进山门，我们就被惊艳到了。真的是漫山遍野的樱花！碧绿的山坡上，到处盛开着一簇簇的桃红，犹如天上的红云落在绿地毯上，红绿相间，煞是好看！比起日本的樱花，云南的樱花更加娇美艳丽，微风过处，花瓣飘飘而下，从樱花树下走过，仿佛走过了一场浪漫的樱花雨，让我们的步伐也变得摇曳生姿起来，好像踏进了人间仙境……

无量山的樱花谷是国家级自然保护区，海拔2175米，面积有2000多亩。这里的樱花树比较高大，十几米高的巨树开满了鲜艳的花朵，那种视觉冲击力是难以言表的。而且，这里的樱花是与茶园套种的，樱花树长在一行行的茶树间，绿油油的茶树让樱花愈发显得鲜艳欲滴。这种“红绿配”的方式，不知道是不是为了增加茶叶的香气，还是纯粹为了色彩无意为之，总之观赏效果实在是太好了！漫山遍野的绿，团团簇簇的红，美如画境。而且樱花谷还不收费。幸亏她地处深山，来的

美丽的无量山樱花谷

人不多，整座山上也就十几个人，让我们扎扎实实拍了一堆美照。这要是在其他城市，肯定人比花多啊。知道云南四季如春，到处是花的世界，但能在这北方已经隆冬的季节，观赏到如此娇美的樱花，真是一次美丽的邂逅。

据说这里樱花的花期只有20多天，一般在每年11月底至12月中旬。今年略冷一些，花期稍有延迟，让我们赶上了，你说惊不惊喜，幸不幸运？

忽然想起白居易的诗句："小园新种红樱树，闲绕花行便当游。"很多人都去日本看樱花，似乎每年春天都有一拨东瀛赏樱的行情，但其实樱花在中国就非常美，也非常多。仅云南就有三个樱花谷，腾冲樱花谷、澄江樱花谷和无量山樱花谷。鲜为人知的是，樱花的原产地也在中国。中国栽种樱花已经有两千余年历史，而日本栽种樱花的历史仅千余年，比中国整整晚了一千年。《礼记·月令》有文："仲夏之月，天子馐以含桃，先荐寝庙。"这是关于栽樱花的最早记载。据说秦汉时期，樱花仅栽培于宫苑之中，至汉唐，樱花才普遍出现在私家庭园。盛唐时期有"樱花节"，可见那时候出游赏樱已成风俗。而云南的冬樱花，因为它更鲜艳，花型更漂亮，而成为樱花中的著名品种。

其实何止于樱花！在景东短短的几天，我已经见识了很多

早晨的集市。蔬菜非常新鲜。

罕见的植物，感受到了云南“植物王国”的奇特与魅力。

中国是世界上生物种类最丰富的国家之一，云南则是中国生物多样性最丰富的地区，也是世界上生物多样性保护的关键和热点地区之一，有着许多重要的植物类群。原因很简单，云南的自然环境太复杂了。其境内山脉逶迤，江河蜿蜒，地形地貌种类繁多，气候多样，兼有寒、温、热带等气候类型。可以这样说，从冷到热，从高海拔到低海拔，云南为各种植物的生长提供了得天独厚的环境和条件。

我对植物有兴趣。在这次考察的空隙，我也让李主任带我到景东的农贸市场走走，结果发现，这里简直就是罕见植物的荟萃之地。

那天正好是景东的一个赶集的日子，他们叫赶街。各地农民都挑着自家的货，到县里来卖。我也趁机去赶了一趟“街”，结果大开眼界。

比如一个土土的、造型敦敦实实的东西，既不是瓜，也不是薯，我问人家，这是什么？农民回答：山乌龟！

完全不知道是什么。上网查了下，才知“山乌龟”别名“地不容”，防己科，千金藤属，原来是云南著名传统中草药，能清热解毒、镇静和理气止痛。

又看见几个土豆样的东西连在一起。得，又不认识了。赶快问这个是什么，答曰：马尾根。

好吧，还得去查。原来马尾根学名叫“黄精”，也是一味中药，为百合科植物。成药是滇黄精或多花黄精的燥根茎，按

景东早市的一角

形状不同，称为“大黄精”或“鸡头黄精”等，具有补气养阴、健脾润肺、益肾之功效。

走了没几步，又看见一个造型漂亮，很有艺术感的东西。中间是个圆圆的根茎，旁边的根须层层环绕，具有发散之美。一问，这个是“重蒌”。结果在网上并没有查到这个植物，显然人家说的是土名儿，我不知道学名叫什么，自然就查不到了。我也试图用网络识图工具来查，结果图片输入进去，出来的是一堆数学题！电脑把这种螺旋之美认作公式了，好吧，就当它是一道几何题吧！

又看见一位农民伯伯，拿着一把红红的草，或者叫红红的缠绕在一起的根，我又不认识了。我发现，整个市场中我认识的植物没几样。问人家是什么，人家说是“伸筋草”。

别说，肯定又是药材啦。果然，伸筋草，又名狮子草，舒筋草。是一种石松科植物，是石松的干燥全草。它的功能主要治腿疼，还治跌打损伤什么的。

继续向前走，我仿佛徜徉在植物的海洋，或者说是参观一

场罕见的植物展。也不能全赖我少见多怪，云南这地方的东西真的太多，而内地见到的太少了。

譬如，又看到一种黄白色，样子像大豆角，又像纺锤的东西。我料想也是药材无疑，就和卖货的大姐搭讪：“这个是药材吧？叫什么名字？”

大姐乐呵呵地说：“这是九十九条根。是药，平常吃也是可以的呀，可以炖汤喝。”

红红的伸筋草，专治腰腿疼痛。

自然资源和人文地理的多样性，造就了云南丰富的中药资源。说云南是中草药的宝库，一点都不夸张。而有些种类还是云南独有的。等到景东的高速修好了，这些药材一定会为当地带来财富。

“药能随便吃吗？”

“可以润肺的，炖鸡很好啊，很好喝的。”大姐那口气，分明觉得我什么都不懂。

我查了一下，九十九条根的学名是“百部”，确实有润肺止咳的作用，平常拿这个炖炖汤，估计也没啥坏处。咱们中国不就讲究药食同源嘛。而且除了治咳

这么粗的血藤！我真是第一次见。

山乌龟和九十九条根。

嗽之外，这个东西还能驱虫，对体虱癣疥之类的也有效。看看它有多少个别名，就知道它在民间应用有多广泛了：百部，又称百部根、玉箫、箭杆、白并、百条根、药虱药、嗽药、野天门冬、百奶、山百根、九丛根、九虫根、一窝虎、牛虱鬼……

光名字就让人眼花缭乱了。

即便是我认识的植物，在这里也长成了不同的气象。

比如血藤。有活血散瘀的功效，女生用得着。我在广西见过血藤，很细，大概只有3厘米左右的直径吧，没想到在这里看见的血藤，直径居然有至少20厘米，拿在手里一大坨。这样的血藤是我第一次见。还有硕大的雪莲花，厚重的灵芝，鲜嫩的百合等，即使是新鲜的蔬菜，好像也比内地长得水灵，青菜水嫩碧透，萝卜圆润结实，都长得与众不同。这个巨大的植物博览会，真让我看得惊喜连连，目不暇接！

后来有专家告诉我，云南是全国植物种类最多的省份，几乎集中了从热带、亚热带至温带甚至寒带的所有品种，在全国约3万种高等植物中，云南省有274科、2076属、1.7万多种，占全国高等植物总数的62.9%。云南还是国内野生植物最集中的地方，有各种内地少见或不见的藻类、真菌、地衣、苔藓、裸子植物和被子植物，大概有800多种。所以云南被冠以“植物王国”“天然花园”“药材宝库”“香料植物之乡”等美称，或者再加上“鲜菌大省”“风光之地”等美誉，对自然界什么样的夸奖，用在云南都不过分。

云南热带、亚热带的高等植物约1万种，其中云南樟、四数木、云南肉豆蔻、望天树、龙血树、铁力木等，都为云南所特有。可供利用的资源植物在千种以上，而经济价值较高并能直接开发利用的有900种以上。此外，云南还拥有许多在遗传育种上具有很高价值的农林园艺植物的野生物种资源，以及蕨类植物、裸子植物等古老植物。

云南还是中草药的宝库，全省生长着2000多种中草药，有些种类是云南独有的。有供中医配方和制造中成药的原料400多种，其中如三七、天麻、云木香、云黄连、云茯苓、虫草等，都药性独特、质地优良，在传统中药材中享有很高的声誉。

云南还有8万平方公里左右的热带区，具备不同类型热带植物生长的生态环境。新中国成立后，已从30多个国家引进了1200种热带植物，大多数生长良好，有的已广为栽培，具有广阔的发展前景……

尽管云南还属于不发达省份，但她实在是一块宝地，我相信这里会有美好的未来。我们此刻所在的景东也是如此。它的山水、它的形貌、它的道路阻隔限制了它，让它的真面目还隐藏在大山深处，让它看上去还有些落后，但这其实正是它的发展优势。

虽然在瞬息万变的外界面前，景东呈现的是一种滞后的状态，让它看上去像是“山中一日，世上千年”的神奇传说的发生地：日复一日，太阳穿过哀牢山顶，照耀着默默生长的万物；年复一年，白云或快或慢地飞舞，陪伴这里简单生活的人们。长臂猿在常青的树木中间跳跃，沧江、川河头也不回地从我们面前奔过……

但是，只有到了这里，你才知道它的古老与神奇、丰富与多质、淳朴与美好是这样奇妙地糅合在一起，可能用不了多久，就会以别样的光彩让天下人迷醉。

这样的地方，应该是美丽富裕的，怎么能贫困呢？

国家级贫困县？这顶帽子一定会摘掉！

我很庆幸我们这次捐书的公益活动选择了景东，让我知道和了解了景东。

我也很庆幸我们认识了生活在这块土地上的孩子们。相信他们同样会认识到自己家乡的丰饶和美丽，认识到自己生活的地方是一片神奇的土地，是一片永远值得探索的土地。

因为，今后景东会发展得越来越好，它得天独厚的资源将会被发现和开发，让这个古老的地方焕发出自己的风采。

那个时候，李金晶还想当演员吗？

或许当她看到了家乡的新面貌，会觉得在溪水声中穿过竹林，绕过瀑布的行程非常美妙，她愿意告诉更多的人景东的美好，可以和歌喉动听的鸟儿一起歌唱，和美貌惊人的鲜花共同起舞，然后她快乐地为所有来旅行的人们介绍景东。

那个时候，李健雨还想当明星吗？

她会不会有新的梦想？或许那时，她已深入研究了景东的山川风貌，家乡的亚热带季风给她带来了才思，她要用自己喜欢语文的大脑，把这里的普洱茶，把这里盛产的甘蔗、核桃、杧果全都写得诗情画意，推介到全国，让人们都爱上自己的家乡。

而想当医生的杨虹荔和苏慧洁可选对了行当，凭这里“中草药王国”的雄厚资源，凭连年不断引种在云南的热带及亚热带地区珍稀“南药”，她们可以用傲人的云南民族药治病救人，或者创造医学的奇迹……

还有很多很多的孩子，他/她们都是生长在这片神奇土地上的种子，景东随着祖国的发展，会逐渐蓬勃和壮大起来，这需要他们这一代人一起成长，怀揣美好的梦想，扛起神圣的使命。我们常说，梦想是需要土地的，梦想也像是一颗种子，随着阳光和雨露成长，孩子们的梦想根植在这样的土地上，应该可以更好更美丽地生根、发芽、开花、结果！

景东的老师和孩子们都告诉我，2017年是他们值得纪念的年份。他们在这一年里获得了从未有过的丰富的图书。

李主任不顾我的反对，代表景东县教育局送来了一面锦旗，上面写着“爱心传递，书香共享”，我的反对无效，只好先替陈老师、替六一、替“韭菜”们、替全国网友接下。

其实，这是我们应该做的。我也可以代表每一位给孩子捐

不顾我们的再三推却，景东彝族自治县人民政府教育督导室专职副主任李顺堂，还是把景东县教育局为鼎信汇金制作的一面锦旗给了我。请示陈总时，他说：“盛情难却。我们就代表全国网友们收下吧，其实这面旗子是给他们的。”对，这锦旗就是对全国参与“梦想 2017”活动的爱心人士的感谢！我代收而已。也代表孩子们再次谢谢大家！

书的朋友说，我们不过是做了我们应该做的事。我们不过是给孩子们带来了书籍，但我们真正希望的，是书籍给孩子们带来梦想。

这里的孩子需要梦想。

他们也一定会有梦想。

这个世界上最快乐的事，莫过于为了梦想而奋斗。有了为梦想而奋斗的青少年，我们就会有希望！

美国的第28任总统威尔逊说过："我们因梦想而伟大，所有的成功者都是大梦想家：在冬夜的火堆旁，在阴天的雨雾中，梦想着未来。有些人让梦想悄然绝灭，有些人则细心培育、维护，直到它安然度过困境，迎来光明和希望，而光明和希望总是降临在那些真心相信梦想一定会成真的人身上。"

我想，当景东的孩子梦想成真之时，也一定是景东创造奇迹之时。

跋

2018年的7月24日，天特别闷热。这是北京夏季常有的天气：下雨之前狠狠地闷上几天，仿佛天公有意让人们充分体会一下酷暑的厉害。

这本书的写作，那时候正进入最后的几章。当时手头事情也多，不断有一些小的采访和写作插进来，打断了我为孩子们码字。所以我一得空就赶紧打开这本书的文档，顺着已经捋好的思路，像个纺织娘一样，把文字一行行地“织”下去……

此时的我，正挥汗如雨地写着——心里也急，天气也热。

下午两点多钟，屋子里很安静，只有我的噼里啪啦的打字声。忽然，电话响了。看了一眼号码，是个手机打来的，显示的属地是云南普洱。

普洱？会是谁呢？尽管最近广告电话特别多，一般陌生电话我都不接的。但又一想，我在云南普洱还是认识几个人的，万一是熟人呢？于是就接了。

话筒里传来的是一个怯怯的稚嫩的声音：

“是余老师吗？”

“是我呀，请问你是哪一位？”我一听，是个孩子的声音，不由得放缓了语气。

“我是李健雨。”

李健雨？我简直不能相信自己的耳朵！原来是那个女孩。云南省普洱市景东县的灰窑村，我们曾经去家访的那个贫困生李健雨，那个性格内向话不多的李健雨，那个为了不能带父母去县城而落泪的李健雨，我对她的印象太深刻了。这个小女孩竟然给我打来电话？难道有什么事情吗？

我赶紧问：“是李健雨呀，你好吗？”

“我很好。”

“爸爸妈妈好吗？”我又问。

“也很好。”

“奶奶好吗？”

“好。”

原来都很好。我的心稍安了一下。

“那么，你在做什么呀？”我顺口问道。

“我在吃杧果。”李健雨仍然怯怯地说。

一句话把我逗笑了。孩子就是孩子，天真无邪，所以，她不加掩饰地说出吃杧果这样的细节，让成年人感到真实有趣。我于是笑着说，你们那里的杧果一定非常好吃。李健雨也轻声地说，嗯，是很好吃。我还是觉得，那么远的距离，那么一个特别乖的孩子，给只见过一面的我打来长途电话，似乎不可能仅仅是家里都好、在吃杧果这样的寻常原因。孩子可能有事情又不好意思说，我索性直接问道："你给余老师打电话有什么事吗？"

李健雨说没有什么事。过了两三秒，她终于怯怯地说："余老师，你是说过给我一本你写的书吗？"

"对呀！"我立刻反应过来，"当时在你家的时候，老师答应送给你的，杨校长没有给你吗？"

"没有。"

得，肯定是当时比较忙乱，忘记交给杨校长了。因为我的书貌似是放在鹏鹏车里的，原先打算走的时候留给杨校长一本，让他交给李健雨。看来这个事情没有做，让人家小姑娘一直惦记到今天——现在离我们到她家时，已经过去了半年多了。天呀，这半年，是不是小姑娘经常想着，为什么老师答应了却没有送给她那本书？她是那么爱书的一个孩子，一直等着盼着，这样空空地等了好久，又不好意思问老师，更不好意思问我……哦，我觉得自己真是太不像话了。

这回轮到我不好意思了：

“哎呀，健雨，真对不起，是老师疏忽了。我以为那本书早就给你了。你看这样好不好，你给我一下你家的地址，我给你快递过去如何？”

“好的，谢谢老师。”

李健雨这回高兴起来了。她很清楚很仔细地告诉了我她家的地址和她的手机，我们还互相加了微信。我也答应马上就给她发书。

现在，我知道她为什么要给我打电话了，事情也已经解决了，我的心情一下子轻松了起来，我感觉小健雨也是。

于是我们终于可以愉快地聊天了。

我们的话题就围绕着她和她的家展开。她那时候正在放假，每天要写暑假作业，当然作业不是很多。她说平常也帮爸爸妈妈干点儿家务。她的爸妈身体都不是很好，这个我知道，毕竟在她家待了半天，和她爸妈有过短暂的交流。她家平整的院子、高高的屋檐、悬挂的腊肉和房前的竹林，至今都还历历在目。

说话间，天边就卷起了乌云，天色也暗了下来。雨就要来了，看来闷热真的是雨的序曲。我看着将雨的天空，想着云南灿烂的阳光和透明的空气，就顺口问了句：你们那里热不热呀？小健雨老老实实地回答：现在有一点点热。她一说完，我立刻就意识到，其实她们那里是不会太热的。山那么巍峨，树木也很多，天然的大氧吧。整个云南从北向南就像是一个三级跳，北部的怒山山脉有着常年不化的冰雪。健雨所在的景东县，尽管属于滇西南的亚热带地区，其气候也是非常怡人的，四季如春，遇雨成冬，冬无严寒，夏无酷暑。她生活在那样的一个美丽的好地方，是不会知道北京的闷热的。

可是健雨毕竟是一个内向的孩子，加之年龄太小，她还是不太善于言谈，几乎每说一句话，都要有一个短暂的停顿。我们的聊天，基本上是我问什么，她就答什么，很少有自己的话题。由此可以想象，她是鼓了多么大的勇气，才给我打来这个电话，而目的就是我答应送给她的那本《相思在马丘比丘》。这真是让我又内疚又感动。

山里的孩子，是多么渴望读书，又多么重视读书啊！像李健雨这样的孩子，我在景东见到的太多了。他们共同的特征就是把书籍看得特别重要，对书籍特别友好。在景东的大大小小的学校，你随处可见捧着书本的孩子，他们专注的神态和眼神会在某一瞬间击中我，让我忽然就停住脚步，想了很多……是啊，由于大山的阻隔，孩子们现在只能通过读书来了解外面的世界，通过多媒体来“看到”山外的人间万象，这些“折射”

在他们眼睛里的世界，会让他们怎样评判？怎样取舍？让他们如何真正认识这个变幻万千的世界，真正掌握自己的人生呢？书籍仅仅是孩子们走向世界的第一步。我们也仅仅能帮助孩子走这第一步。

这是远远不够的，这我知道。

一放下电话，我就叫了快递。手头恰好只剩下一本答应给李健雨的书，我要赶紧给她寄去。我希望她能喜欢我描写的异域文化和南美风情，当然我也希望她能喜欢现在我正写的这本——

这本有着她的名字、她的故事和她的家乡的书；

这本反映着梦想活动的过程、寄托着全国公益人士爱心的书。

李健雨以及她的同学们、包括景东所有的老师和同学们，会喜欢吗？